툴툴마녀는 배려가 필요해!

김정신 글 · 김준영 그림

진선아이

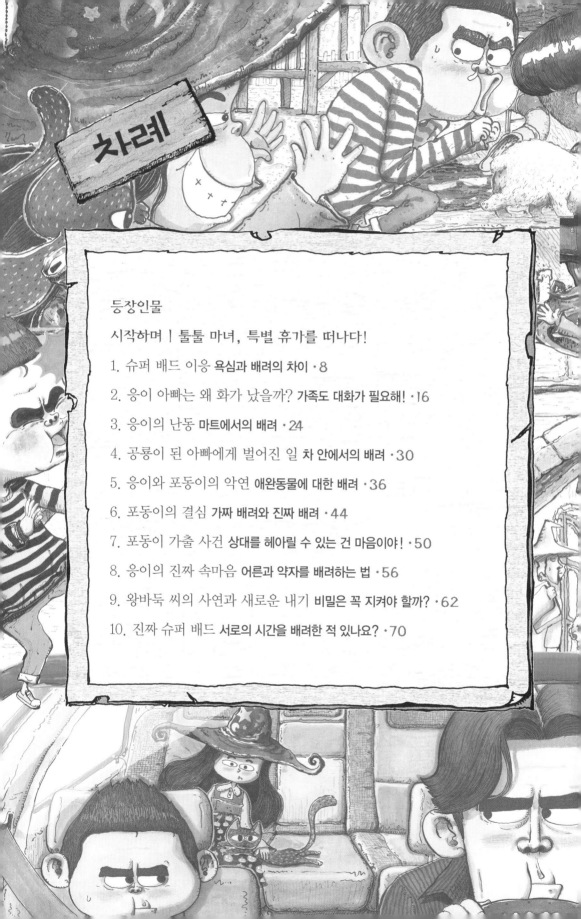

차례

등장인물

시작하며 | 툴툴 마녀, 특별 휴가를 떠나다!

1. 슈퍼 배드 이응 욕심과 배려의 차이 ·8

2. 응이 아빠는 왜 화가 났을까? 가족도 대화가 필요해! ·16

3. 응이의 난동 마트에서의 배려 ·24

4. 공룡이 된 아빠에게 벌어진 일 차 안에서의 배려 ·30

5. 응이와 포동이의 악연 애완동물에 대한 배려 ·36

6. 포동이의 결심 가짜 배려와 진짜 배려 ·44

7. 포동이 가출 사건 상대를 헤아릴 수 있는 건 마음이야! ·50

8. 응이의 진짜 속마음 어른과 약자를 배려하는 법 ·56

9. 왕바둑 씨의 사연과 새로운 내기 비밀은 꼭 지켜야 할까? ·62

10. 진짜 슈퍼 배드 서로의 시간을 배려한 적 있나요? ·70

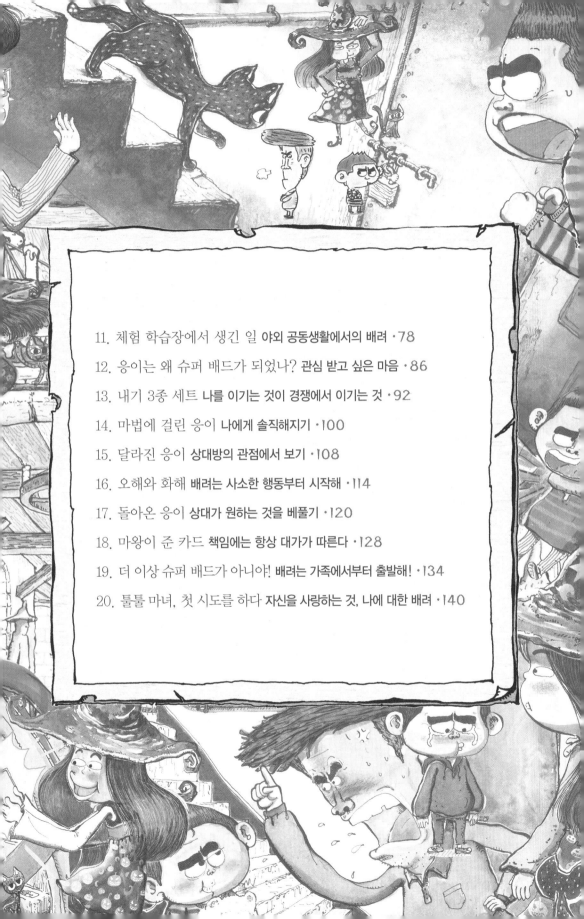

11. 체험 학습장에서 생긴 일 야외 공동생활에서의 배려 ·78

12. 응이는 왜 슈퍼 배드가 되었나? 관심 받고 싶은 마음 ·86

13. 내기 3종 세트 나를 이기는 것이 경쟁에서 이기는 것 ·92

14. 마법에 걸린 응이 나에게 솔직해지기 ·100

15. 달라진 응이 상대방의 관점에서 보기 ·108

16. 오해와 화해 배려는 사소한 행동부터 시작해 ·114

17. 돌아온 응이 상대가 원하는 것을 베풀기 ·120

18. 마왕이 준 카드 책임에는 항상 대가가 따른다 ·128

19. 더 이상 슈퍼 배드가 아니야! 배려는 가족에서부터 출발해! ·134

20. 툴툴 마녀, 첫 시도를 하다 자신을 사랑하는 것, 나에 대한 배려 ·140

등장인물

툴툴 마녀 : 제1마법을 전수받은 마녀. 깡마르고 툴툴거리기를 좋아한다. 어린 마녀들을 가르치기 시작하면서 신경질이 늘어났다. 어린 마녀들이 무엇을 원하는지 관심이 없다.

샤샤 : 툴툴 마녀의 친구. 어린 마녀들을 가르치면서 더 고약해진 툴툴 마녀 때문에 스트레스를 받아 수염이 빠지고 있다. 툴툴 마녀의 고약한 버릇을 고쳐 주기 위해 동분서주한다.

이응 : 인간 세계에서 만난 슈퍼 배드 소년. 눈과 얼굴, 몸통이 똥그란 편이다. 할아버지가 매사 둥글둥글하게 긍정적으로 살라고 이응이라는 이름을 지어 주었다. 그러나 만날 인상을 쓰고 다닌다. 내기를 해서 친구들을 골리거나 이기는 게 취미다.

이응 아빠 : 직업은 택시 운전사. 운전만큼은 자신이 최고라 생각하지만, 스트레스를 많이 받아 급하고 화를 잘 내는 성격으로 변했다. 응이에게도 화를 잘 내지만, 항상 져 준다.

포동이 : 응이가 엄마를 졸라 책임지고 키우겠다며 데려온 애완견. 잡종견으로 태어난 지 1년이 됐다. 하지만 응이가 하도 못되게 하는 통에 응이만 보면 으르렁댄다.

왕만두 아빠 : 왕바둑 씨. 왕바둑이란 이름처럼 개들과 특별한 인연을 맺는다. 동네에 돌아다니는 개들이 사라지는 것이 왕바둑 씨의 꿈. 포동이 납치 사건 이후 아들에게 피해가 가지 않도록 하기 위해 이응이와 협상을 시도한다.

왕만두 : 이응이네 반 반장으로 왕바둑 씨 아들. 친구들에게 인기가 많아 항상 친구들과 몰려다닌다. 이응이와의 내기 시합에서 한 번도 져 본 적이 없다.

툴툴 마녀, 특별 휴가를 떠나다!

"손을 그렇게 뻗으면 안 된다고! 주문도 전혀 맞질 않잖아!"

툴툴 마녀는 어린 마녀들을 향해 소리를 질렀어.

"어제 엄청 많이 연습했다고요."

"화장실도 안 가고 연습만 했단 말이에요."

어린 마녀들은 푸념을 늘어놓았어. 얼굴은 울상이 되었지.

"그런 식으로 하다간 진급은커녕 웃음거리만 되고 말걸."

툴툴 마녀는 팔짱을 끼며 으름장을 놓았어.

까마귀 울음소리와 함께 수업이 끝났어. 어린 마녀들이 교실을 나가자 샤샤가 탁자 위로 뛰어올랐어.

"어린 마녀들이 뭘 안다고 그래요? 개구리 올챙이 적 생각 못한단 말이 딱 맞네요."

"난 이 정도는 아니었거든? 그리고 너도 봤잖아. 어린 마녀들이 날 바라보는 눈빛 말이야. 도대체 존경심이 없어!"

"만날 화만 내는데 어떻게 존경을 해요? 그리고 아직 정식 스승이 되려면 레벨이 한참 남았거든요?" 그때 마왕이 열려 있던 교실 문으로 들어왔어.

"어머나! 마왕님!"

툴툴 마녀는 마왕의 갑작스러운 방문에 놀라서 짧게 인사를 했어.

"가르치는 일은 어떠냐?"

"아휴, 말도 마세요. 어린 마녀들이 얼마나 속을 썩이는지……."

"그래? 열심히 어린 마녀들을 가르쳤으니 특별 휴가를 줄까?"

"정말이세요?"

마왕은 툴툴 마녀 눈을 똑바로 보더니 손가락을 위로 세 번 돌렸어.

어느새 마왕의 손에는 노란색 카드 한 장이 들려 있었지.

"보름 동안 휴가를 주겠다. 대신 이 카드의 빈칸을 꼭 채워 오는 거다. 빈칸이 맞게 채워지면 카드가 금빛으로 빛날 것이다."

툴툴 마녀는 마왕이 내민 카드를 생각 없이 받고는 신 나서 펄쩍펄쩍 뛰었어. 카드에는 이렇게 쓰여 있었어.

남을 얼마나 (   )하느냐에 따라

자신의 가치와 존경심도 높아진다.

"이게 무슨 말이야?"

툴툴 마녀가 카드에 써진 글귀를 보고 툴툴거렸어.

"어휴, 몰라, 몰라. 일단 떠나는 거야!"

툴툴 마녀가 빗자루 위로 폴짝 뛰어 앉는 순간 허리춤에 대충 꽂아 두었던 카드가 팔랑팔랑 아래로 떨어지고 있었어.

"이건 가져가셔야죠!"

샤샤는 재빨리 카드를 잡아서 빗자루 뒤에 올라탔어.

툴툴 마녀는 휘파람을 불었어. 빗자루를 탄 샤샤와

툴툴 마녀는 점점 인간 세계를 향하고 있었지.

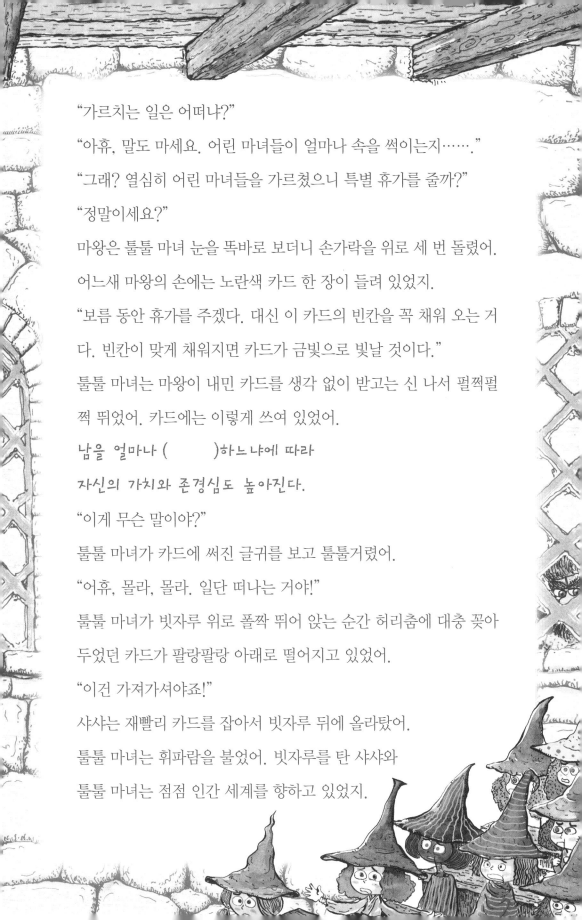

I. 슈퍼 배드 이응

"오랜만에 인간 세계에 오니까 막 설레는데?"

"어디로 갈지는 정하고 가는 거예요?"

"그걸 정하면 재미없잖아."

빗자루를 탄 툴툴 마녀는 샤샤와 얘기하는 중간에도 몰래 아이들이 모여 있는 곳곳을 기웃거렸어.

"샤샤, 저기 땡글땡글하게 생긴 애 보이지? 부푼 호떡 같기도 하고 찌그러진 호박 같기도 한 애 말이야."

툴툴 마녀가 가리킨 손가락 끝에는 정말 땡글땡글하면서 얼굴에 인상을 잔뜩 쓴 녀석이 있었어. 녀석은 혼자 놀이터에 서서 씩씩대고 있었는데, 콧바람이 바닥에 널린 과자 봉지들을 날려 버릴 지경이었지.

툴툴 마녀는 잽싸게 미끄럼틀 뒤로 내려앉았어. 그러고는 녀석의 뒤로 살금살금 다가갔어.

"와우! 깜짝 놀랐지? 난 툴툴 마녀라고 해. 네가 심심해하는 것 같아서 말이야."

갑작스러운 소리에 놀랐는지 몸을 한번 움츠리더니 녀석은 더 험상궂게 툴툴 마녀를 쳐다봤어.

"놀라긴 누가 놀라? 그리고 뭘 모르나 본데 난 절대 심심하지 않아!"

"그럼 다행이네. 나도 심심한 애들은 별로 좋아하지 않거든."

툴툴 마녀는 팔짱을 낀 채 입꼬리를 씩 올렸어. 그러고는 샤샤를 소개했어.

"얜 내 친구 샤샤. 넌 이름이 뭐니?"

"난 이응."

이응이는 툴툴 마녀가 말하는 내내 눈을 똥그랗게 뜨고 둘을 번갈아가며 살폈어.

"그런데 넌 친구가 없나 보다?"

"친구? 모르는 소리! 방금 전까지 있었다고. 나한테 지고는 골이 나서 다 가버렸지만."

"뭘 졌는데?"

"내기를 했거든. 한쪽 발 들고 오래 서 있기. 내가 그 애들을 다 이겨서 과자를 먹어 버렸지."

툴툴 마녀는 이응이를 발견했을 때 울면서 놀이터를 떠나는 아이를 보았어. 그런데 그 아이는 이응이보다 한참 어린 아이였어.

"꼬마들 아니었어? 한쪽 다리로는 절대 오래 버티지 못하는 꼬맹이들 같던데."

"그러니까 내기를 했지. 난 이기지 못할 내기는 안 해."

"이겼는데 왜 씩씩대고 있었던 거야?"

"한 녀석이 과자를 들고 도망가 버리잖아. 내가 젤 좋아하는 과자였다고!"

"이런……."

샤샤는 말문이 막혀 툴툴 마녀의 옷자락을 잡아당기며 소곤거

렸어.

"이렇게 못된 녀석이랑 휴가를 보낼 거예요? 당장 다른 데로 가요."

"재밌는데 뭘 그래."

툴툴 마녀는 얼굴이 밝아지더니 응이에게 바싹 다가갔어.

"너 나랑 내기 안 할래? 이기면 보름 동안 뭐든 들어주는 걸로. 어때?"

응이는 똥그란 눈을 떼굴떼굴 굴리며 생각에 잠겼어. 그러더니 대뜸 이렇게 말했지.

"대신 내기 주제는 내가 정할 거야."

응이는 좋은 생각이 났는지 뒷주머니에 꽂아 두었던 별 모양 딱지 두 장을 꺼냈어. 두 장 중 한 장은 자기가 갖고 한 장은 툴툴 마녀에게 주었지.

"이 딱지를 던져서 더 멀리 보내면 승!"

얼핏 보면 비슷해 보이는 딱지였지만, 응이가 가진 딱지는 좀 아까 아주 단단하게 접은 딱지였거든. 그에 비해 툴툴 마녀가 가진 딱지는 휴지처럼 가벼운 딱지였어.

"좋아! 내가 먼저 던질게."

툴툴 마녀는 딱지를 들고 자세를 잡았어. 딱지에 날개를 달아 줄까 하다가 가볍게 입바람만 슬쩍 불어 딱지를 던졌어. 1미터쯤 날아갔나 봐.

툴툴 마녀 생각

내가 마녀라는 걸 잊었나 보지? 마법을 조금 쓰긴 했지만,
안 써도 내가 이겼을 테니까 안 쓴 거나 다름없어.
일단 내기에 이기는 게 중요하잖아?

응이 생각

미리 연습을 해 볼 걸! 분명 저 딱지는 얇은 종이로 허술하게
접었다고! 내기를 하려고 아무렇거나 접어 둔 딱지였는데,
저 딱지가 더 멀리 날아가다니…….

생각보다 멀리 날아간 딱지를 보고 놀랐지만 그래도 응이는 자기가 이길 걸 확신했어.

응이는 딱지를 잡고 표창을 던지듯 날렸어. 어라, 그런데 응이가 날리자마자 딱지가 국수 가락처럼 풀어지더니 나풀나풀 응이 신발 앞으로 떨어지는 거야. 그것 역시 응이 모르게 툴툴 마녀가 입바람을 넣은 탓이었지.

아무것도 모르는 응이 얼굴이 똥 씹은 표정이 됐어.

'이게 아닌데……. 아무래도 딱지가 바뀌었나 봐!'

"하하, 내가 이겼어! 일단 너희 집으로 가자. 너희 엄마 음식 솜씨는 좋으시니?"

툴툴 마녀가 낄낄거리며 응이를 재촉했어.

"툴툴 마녀님, 마법을 쓰면 어떡해요? 그건 반칙이라고요."

샤샤가 툴툴 마녀 어깨로 올라가서 소곤거렸어.

"살짝 입바람만 넣었을 뿐이야. 그리고 반칙은 쟤가 먼저 했잖아."

툴툴 마녀는 오히려 인상을 쓰면서 샤샤 입을 막았어.

"아휴, 이게 아닌데. 이게 대체 어떻게 되어 가는 건지……."

투덜거리는 응이 뒤에 휘파람을 부는 툴툴 마녀, 그리고 툴툴 마녀를 걱정스럽게 뒤따르는 샤샤가 아파트 단지로

걸어가고 있었어.

욕심과 배려의 차이

욕심과 배려의 가장 큰 차이점은 뭘까?
욕심은 나만 생각하고, 배려는 남도 생각한다는 점이야.
'더 좋은 걸 갖고 싶어! 더 많은 걸 갖고 싶다고!
뭐든 내가 제일 먼저 할 거야! 무슨 방법을 써서라도
내가 이기는 게 중요하다고!' 이런 마음이 바로 욕심이지.
그런데 욕심이 많은 사람이 정말로 좋은 걸
더 많이 갖고, 항상 이기는 걸까?
그건 조금만 주위를 둘러봐도 알 수 있어. 응이도 결국
욕심 때문에 놀이터에 혼자 남게 된 거잖아? 배려하는
마음이야말로 많은 걸 혼자 갖는 것보다 더 뿌듯한
마음이야. 욕심이 사람들 사이의 간격을 멀어지게 한다면,
배려는 사람들 사이의 간격을 가까워지게 하는 비결이지.
응이란 녀석과 툴툴 마녀! 아~ 걱정된다!

욕심 = 나만 생각하는 것
배려 = 남도 생각하는 것

내 욕심이나 이기적인 생각 때문에 친구나 상대를 배려하지 못한 적이 있었을 거야. 곰곰이 생각해 볼까?

배려하지 못한 점	앞으로 어떻게 할까?
도서관에서 빌린 책 속 그림이 너무 예뻐서 몰래 찢어서 가진 적이 있다.	모두가 보는 공공 도서를 찢거나 훼손하지 않겠다.

욕심보다 배려를 생각하는 기술

1. 나는 어떤 욕심이 있는지 적는다.
2. 상대방을 불쾌하게 할 수 있는 욕심이 있는지 체크한다.
- 공부나 운동이나, 무언가를 잘하기 위한 욕심은 상대방에게 불쾌감을 주지 않는다.
- 함께 먹을 때 많이 먹으려고 빨리 먹거나, 공동 물건을 내 맘대로 다루는 것 등은 상대방을 불쾌하게 한다.
3. 상대방의 욕심 때문에 내가 불쾌했던 일을 적어 본다.

2.응이 아빠는 왜 화가 났을까?

응이네 집은 주택가 골목을 들어서면 첫 번째로 보이는 집이었어. 밖에 나와 있던 응이 아빠가 응이를 보고 소리를 질렀어.

"학교 끝나고 바로 오랬는데 지금 시간이 몇 시냐?"

집에 먹을 것이 떨어져 마트를 가야 하는데 응이가 자기랑 꼭 같이 가자고 했었거든.

"학교 끝나고 바로 온 거야."

툴툴 마녀는 아무렇지 않게 거짓말을 하는 응이가 참 기가 막혔어.

"너 아빠한테 그렇게 거짓……."

말이 끝나기도 전에 응이는 아빠에게 툴툴 마녀를 소개했어.

"우리 집에 놀러 온 툴툴 마녀와 샤샤야. 내 손님이니까 일단

내 방으로 갈게. 마트는 좀 이따 가."

응이는 화가 난 아빠도 아랑곳없이 성큼성큼 집 안으로 들어갔어. 아빠는 그런 응이를 어이없다는 듯 쳐다보았어.

"너 아빠한테 참 버릇이 없구나."

응이가 자기 방문을 열었을 때 툴툴 마녀가 말했어.

"뭐가?"

"아빠랑 마트 가기로 약속한 거 아니었어?"

"그랬지."

응이는 표정도 변하지 않으며 당당하게 말했어.

"한 시간 늦긴 했지만 상관없어. 아빠는 시간이 아주 많다고."

택시 운전을 하는 응이 아빠가 오늘은 쉬는 날이랬어.

응이가 자기 방에 있는 장난감들을 이것저것 꺼내 놓고 있는데, 아빠가 소리쳤어.

"이응! 너 마트에 갈 거야 안 갈 거야? 더 이상은 못 기다려!"

아빠는 소리를 지르고는 그대로 집 밖으로 나가 버렸어. 응이가 부리나케 따라 뛰쳐나갔어. 툴툴 마녀와 샤샤도 뒤따랐지.

"아빠, 내가 손님맞이로 무척 바쁜 거 안 보여?"

아빠는 한숨을 내쉬더니, 곧장 차에 타서 시동을 걸었어.

"혼자 가는 건 반칙이야! 툴툴 마녀, 어서 타!"

응이는 택시 뒷문을 열어 주더니 자기는 아빠 옆자리 문을 열고 앉았어.

"오후에 중요한 약속이 있었는데 너랑 같이 마트에 가려고 약속도 취소했다고. 응이, 너 이런 식이면 곤란해!"

아빠가 택시를 출발시키며 말했어.

"그럼 진작 말하지. 난 아빠가 온종일 심심할까 봐 일부러 같이 마트에 간다고 한 거였다고."

툴툴 마녀는 응이와 아빠의 얘기가 이상하다는 생각이 들었어. 분명 아빠는 응이를 위해 약속까지 취소했고, 응이는 심심한 아빠를 배려해서 마트에 같이 가자고 한 것인데 두 사람 모두 기분이 안 좋아 보였으니 말이야. 택시 안에서 두 사람은 말이 없었어. 아빠의 운전은 난폭했지.

툴툴 마녀 생각

응이와 아빠가 서로를 생각하고 있는 건 맞는 것 같아.
그런데 왜 이렇게 뭔가 어긋나고 있다는 생각이 드는 걸까?

 응이 생각

난 분명 아빠를 위해서 그런 거였어. 지금도 툴툴 마녀와
다시 내기하려던 걸 미루고 아빠를 따라나선 거라고!

차가 많지 않은 오후 시간이었어. 하지만 아빠는 응이 때문에
버려진 시간을 보상이라도 받겠다는 듯이 앞차를 앞지르기하면

서 운전했어. 아빠가 하도 차선을 바꾸는 바람에 차 안에 탄 모두의 몸이 오른쪽으로 기울었다가 왼쪽으로 기울었다가를 반복했어.

툴툴 마녀는 차문 손잡이를 땀나도록 꽉 쥐었어. 샤샤도 툴툴 마녀의 옷을 발톱으로 꽉 움켜쥐었지.

"나 떨고 있냐?"

툴툴 마녀 얼굴이 노란 단무지 같았어. 샤샤도 털이 곤두섰어.

"세상에! 툴툴 마녀님이 빗자루를 운전할 때보다 더 난폭하게 운전하는 사람이 있다니!"

툴툴 마녀는 속이 울렁거렸어.

"아저씨! 저 지금 토할 것 같거든요!"

"내 차 안에다 토하면 절대 안 돼! 다 왔으니까 조금만 참아!"

응이 아빠는 툴툴 마녀에게 소리를 꽥 질렀어.

응이도 미안해하기는커녕 실실 웃으며 말했어.

"킥킥, 마녀도 차멀미를 하네!"

가족도 대화가 필요해!

응이는 아빠를 배려해 마트에 같이 가자고 했고,
아빠는 응이를 배려해 자기 약속도 취소하고 마트에
같이 가려고 했어. 하지만 이건 진정한 배려가 아니야.
응이는 아빠가 무엇을 원하는지 먼저 알았어야 해.
아빠의 하루 일정도 잘 모르면서 자신의 일과에 맞추는 건
진정한 배려라고 할 수 없잖아. 아빠 역시 자신이 약속을
취소했다는 걸 응이에게 알렸어야 해.
그래야 응이도 시간을 맞출 수 있었을 테니까.
가족이라고 해서 서로가 말하지 않아도 다 알 거라고
생각하면 곤란해. 가족일수록 더 많은 대화가 필요해!

나는 어떨까? 엄마나 아빠가 좋아할 거라고 생각한 행동이 반대로 엄마나 아빠를 곤란하게 한 적은 없었을까? 반대로 엄마나 아빠가 나에게 한 행동이 나를 불편하게 만든 적은 없었는지도 생각해 보자.

샤샤를 불편하게 했던 툴툴 마녀의 행동	왜 불편했을까?
툴툴 마녀님은 어딜 가든 나를 데리고 가려고 했어. 그때마다 하는 소리가 이랬지. "심심하지, 샤샤?"	난 사실 혼자서 노는 걸 더 좋아해. 오히려 툴툴 마녀님이 심심할까 봐 혼자 있고 싶어도 따라간 적이 많았지. 그냥 혼자 있고 싶다고 사실대로 말하면 툴툴 마녀님이 서운할 것 같았기 때문이야.

엄마, 아빠를 곤란하게 했던 나의 행동	왜 곤란했을까?

서로를 배려하는 가족의 대화 기술

1. 거짓말을 하지 않는다.
2. 지키지 못할 약속은 하지 않는다.
3. 비교하는 말을 하지 않는다.
4. 고민을 말했을 때 혼내거나 무시하지 않고
   고민에 공감해 준다.
5. '고마워', '미안해'란 말을 아끼지 않는다.

3. 응이의 난동

마트에 도착한 응이 아빠는 질주 본능을 발휘한 덕에 기분이 좋아졌는지 콧노래까지 불렀어. 응이는 그런 아빠 뒤를 졸졸 따라갔어.

툴툴 마녀는 저만치 떨어져서 고개를 절레절레 흔들었고, 샤샤는 마트 밖에서 어슬렁거리기로 했어.

응이는 아빠가 밀고 있는 쇼핑 카트에 대롱대롱 매달렸어. 그러고는 곡예를 부리듯 마트 안을 누볐어. 물건을 고르던 사람들은 갑작스레 달려드는 카트를 보고 깜짝 놀라서 비켜섰어. 아빠는 신이 나서 쇼핑 카트를 더 세게 밀었지. 그러다가 시식 코너 앞에서 정확하게 멈추었어.

"싱싱한 사과 드셔 보고 가세요!"

"바삭바삭 군만두 사가세요!"

마트에는 음식을 미리 맛볼 수 있는 시식 코너가 여럿 있었어.
과일이든, 만두든, 삼겹살이든, 빵이든 시식 코너 앞에서 응이와
아빠는 온갖 음식을 눈 깜짝할 사이에 다 먹어 치웠어. 시식 코
너에 있는 사람들이 쳐다보는 눈총 따위엔 신경도 쓰지 않았지.
게다가 맛본 것을 사지도 않았어.

툴툴 마녀는 너무 창피해서 멀찌감치 떨어져 걸었어.

쇼핑 카트가 온갖 식료품들로 채워져 갈 즈음이었나 봐. 아빠
가 주위를 두리번거리더니 머리를 긁적였어.

"이 녀석 어디 간 거야?"

툴툴 마녀는 응이가 장난감 코너에 있다는 걸 은근슬쩍 아빠에
게 알려 줬어.

아빠가 다가가자 응이가 빨리 와 보라고 손짓을 했어. 그리고

는 자기가 전부터 갖고 싶었던 총이라며 빨리 사달라는 거야.

"한 달 전에 이거랑 똑같은 거 사 줬잖아."

아빠가 말했어.

"그 총이랑 이 총이 같다는 건 만두랑 찐빵이 같다는 것과 똑같은 거야!"

아빠가 시큰둥할수록 응이는 더 막무가내였어. 급기야 응이는 마트 바닥에 드러누웠어.

"사달라고! 사 주기 전까지 꼼짝도 안 할 거야!"

"아휴, 또 시작했군. 저러려고 마트에 같이 오자고 한 거였어. 좀 고쳐졌나 싶었는데 이거 원……."

사람들은 드러누운 응이를 보고 눈살을 찌푸렸어.

"어머! 다 큰 애가 웬일이야!"

툴툴 마녀 생각

공공장소인 대형 마트에서 저렇게 시끄럽게 소란을 피우다니.
응이 아빠도 쳐다만 보고 꾸짖을 생각을 안 하네.
응이를 너무 사랑해서 그러는 걸까?

응이 생각

내가 마트에 아빠를 따라온 건 사실 새로 나온 총 때문이기도 해.
남들이 날 쳐다보든 말든 난 총만 사면 그만이야.
늘 그랬듯이 아빠는 나한테 져 줄 거야.

아빠는 다른 사람들 눈치를 보더니 머리를 긁적거렸어. 할 수 없이 응이가 들고 있는 장난감 총 상자를 빼앗아 이리저리 훑어보았지.

"알았다, 알았어. 사 줄 테니까 얼른 일어나!"

"아싸!"

아빠 말에 응이는 언제 그랬냐는 듯이 발딱 일어났지.

툴툴 마녀는 계산대로 가는 부자를 씁쓸하게 지켜보았어.

'저 녀석 정말 강적이야! 저렇게까지 해서 갖고 싶은 걸 얻어 내다니!'

잠시 후 마트를 나오는 응이와 아빠를 본 샤샤가 툴툴 마녀에게 다가갔어.

"툴툴 마녀님, 장은 잘 봤어요? 그런데 어쩐지 응이 아빠 표정이 또 안 좋은 것 같네요?"

"말도 마."

툴툴 마녀는 마트에서 일어난 일을 샤샤에게 말해 주었어. 샤샤가 툴툴 마녀에게 할 수 있는 말이라곤 이 말뿐이었어.

"아이쿠야!"

마트에서의 배려

마트는 사람들이 많이 모인 공공장소야.
공공장소에서는 예절을 지켜야 하고, 다른 사람도
배려해야 해. 마트에 온 사람들마다 필요한 것이
다를 수도 있고 같을 수도 있어.
그런데 시식 코너에서 시식용 음식을 다 먹어치우는 건,
물건을 파는 사람과 그 물건을 사고 싶은 사람을
배려하지 않는 행동이야.
많은 사람들이 지나가는 통로에서 장난감을 사달라고
바닥에 누워 버리거나, 소리를 지르고 우는 것도
남을 배려하지 못한 행동이야. 그런 행동을 보는
사람들의 기분이 나빠질 테니까 말이야.
이밖에도 공공장소인 도서관이나 음식점, 지하철이나
버스 안에서도 남을 배려해야 해.
떠들거나, 뛰어다니거나, 질서를 지키지 않는 것은
다른 사람에 대한 배려가 없는 행동일 뿐만 아니라
자신도 망신을 당할 수 있는 행동이라는 것을 기억해!

마트에서 다른 사람을 배려하는 기술

1. 시식 코너에서는 배를 채우지 말고 맛만 본다.
2. 사고 싶은 물건이 있을 때는 소리를 지르지 말고 아빠, 엄마와 의견을 나눈다.
3. 카트에는 사람이 타지 않고 물건만 싣는다.
4. 카트를 몰 때는 과속 운전을 하지 않는다.
5. 사고 싶은 물건이 있어 멈춰 서게 될 때는 카트를 한쪽으로 가지런히 세워 둔다.
6. 사지 않을 물건은 깨끗하게 보고 제자리에 둔다.
7. 다 쓴 카트는 카트 보관소에 잘 갖다 놓는다.

'음식점에서 다른 사람을 배려하는 기술'을 직접 써 볼까?

1. 숟가락이나 젓가락으로 탁자를 두드리지 않는다.

2.

3.

4.

5.

4. 공룡이 된 아빠에게 벌어진 일

마트에서 산 물건들을 차 트렁크에 싣고 나서도 아빠는 내내 표정이 굳어 있었어. 응이가 떼를 써서 장난감을 산 다음부터야. 그것도 모른 채 응이는 뒷좌석에서 새로 산 장난감 총을 이리 쥐고 저리 쥐면서 놀고 있었어.

급기야 응이는 운전석에 앉은 아빠 등에 대고 이렇게 말했어.

"손들어! 안 들면 쏠 테다!"

툴툴 마녀가 응이 옆구리를 쿡쿡 찔렀지만 소용이 없었어. 샤샤도 응이의 머리카락을 이빨로 잡아당겼어. 그래도 총을 쥔 응이 손은 여전히 아빠 등을 향하고 있었지.

"이응, 나 지금 무지 참고 있다."

아빠는 이를 꽉 물고 말했어. 잠깐 듣기에도 무시무시한 말투

였어.

차가 출발했어. 그런데도 응이는 눈치가 없는 건지 신경을 안 쓰는 건지 계속 장난을 쳤어.

그때였어. 옆 차선에서 차가 들어오려고 하자 아빠는 속력을 내며 앞차와 간격을 좁혔어.

"뭐야, 내 앞으로 들어오겠다고? 나를 어떻게 보고!"

옆 차가 깜빡이를 켜고 들여보내 달라고 신호를 계속 하는데도 아빠는 모른 척을 했어.

응이는 그런 아빠를 보고 또 신이 났지.

"아싸! 우리 아빠 잘 한다!"

소리를 지르고 아빠 좌석 의자를 뒤에서 두드리고 난리도 아니었어.

옆 차는 결국 아빠 앞으로 끼어드는 걸 포기했지.

아빠는 응이 때문에 정신이 없었어. 그러다 그만 신호등이 바뀌어 앞차가 속도를 줄인 것도 모르고 바싹 붙어 있던 앞차의 뒤꽁무니에 차를 쿵 받았어.

"으악!"

손잡이를 꼭 붙들고 부들부들 떨고 있던 툴툴 마녀와 샤샤는 그나마 충격이 덜했어.

하지만 응이와 아빠는 앞뒤로 흔들리면서 충격 때문에 몸을 잘 가누지 못했지.

툴툴 마녀 생각

응이 아빠는 나와 샤샤가 같이 차를 타고 있단 걸 잊은 거 같아.
마트에 갈 때는 앞 지르기를 막 하고는 오는 길에는 다른 차를
끼워 주지 않으려고 속도를 내잖아. 응이도 마찬가지야. 우리가 있건
없건 차 안에서 위험하게 장난을 치고, 정신없이 큰 소리로 떠들다니!
대체 응이 아빠와 응이는 왜 이런 걸까?

응이 생각

우리도 바쁜데 옆 차를 꼭 끼워 줘야 하는 건 아니잖아.
아빠가 빨리 운전해야 우리가 시간을 절약할 수 있어.
그런데 아이쿠, 이게 뭐야. 아빠 때문에 사고가 났잖아!
이럴 줄 알았으면 손잡이라도 꼭 붙잡고 있는 건데!!

"운전을 대체 어떻게 하는 거요!"

응이 아빠가 오히려 큰 소리를 쳤어.

"신호가 바뀌면 멈춰야 하는 거 몰라요? 택시 운전을 하시면서
그렇게 운전을 하면 어떡해요?"

아빠 차에 받힌 차 주인도 소리를 질렀어. 도로에서 차 두 대가
실랑이를 벌이는 바람에 뒤에 오던 차들은 옆 차선으로 돌아가
야 했어. 경찰이 오고 나서야 아빠는 조용해졌어.

응이 아빠 잘못 때문에 사고가 난 거라서 차 수리비와 치료비
까지 모두 물어 주고 나서야 사건을 해결할 수 있었지.

"이게 다 응이 너 때문이야! 우리 차 수리비는 네 용돈으로 내!"

"그런 법이 어디 있어!"

집으로 가는 내내 아빠 눈이 이글이글 타올랐어. 코로는 공룡이 내뿜는 것 같은 김이 푹푹 쏟아져 나왔지.

응이는 그제야 심각한 상황인 걸 깨달았어.

집에 도착한 아빠는 주차 선을 무시하고 아무렇게나 차를 대놓고 집으로 들어가 버렸어.

툴툴 마녀는 마법을 써서 차를 선 안에 넣어 줄까도 생각했지만 그만두기로 했어. 무슨 일이든 스스로 해야 하는 거니까.

"툴툴 마녀님, 아무래도 이번 휴가는 아주 피곤할 것 같아요."

샤샤가 한숨을 폭폭 내쉬었어.

"심심한 것보다 낫잖아?"

"끙⋯⋯."

툴툴 마녀와 샤샤가 집 앞에서 머뭇거리는 동안 집 안에서도 난리가 났어. 이번엔 응이 엄마가 쓸데없이 장난감 총을 또 사 줬다고 아빠에게 화를 냈기 때문이야. 아빠는 다시 응이에게 화풀이를 하고.

"분위기 아주 안 좋은데 우린 어떻게 들어가죠?"

샤샤가 걱정스럽게 물었어.

"타. 빗자루를 타고 바로 응이 방 창문으로 들어가자고."

차 안에서의 배려

세상에! 운전하는 사람이나 같이 차를 탄 사람은
안전 운전을 할 책임이 있어. 도로는 위험한 곳이고
많은 차들이 다니는 길인 만큼 다른 사람을 배려하는
건 기본이야. 먼저 가려는 차는 앞으로 끼워 주고,
앞차와 간격도 유지하며 가야 해.
같이 탄 사람은 어떻고? 운전하는 사람이 안전하게
운전할 수 있도록 조용히 해야지. 응이처럼 운전하는
아빠에게 장난을 친다거나 고래고래 소리를 지르면
다음에는 더 끔찍한 일이 벌어질지도 몰라.
차를 세울 때도 정해진 선 안에 차를 주차해야
다른 차가 불편하지 않다고.
이런 것을 응이와 아빠는 모두 무시해 버리다니!
더 큰 사고가 나지 않게 대책이 필요해!

그럼 나와 툴툴 마녀님은?

툴툴 마녀	빗자루를 타고 있을 때 빨리 나는 새를 볼 때마다 이기려고 속력을 낸다. 땅에 정지할 때 곤두박질치듯 내려와 갑자기 멈춘다. 그게 스릴이 있다나?
나(샤샤)	지나가는 새들이 맛있어 보여 슬쩍 먹어 버리고 싶어도 점잖게 손을 흔들어 인사를 나눈다.

'대중교통을 이용할 때 다른 사람을 배려하는 기술'에는 어떤 것이 있을까?

	잘못된 행동	배려의 기술
버스	무조건 줄의 맨 앞으로 간다. 할머니가 타면 자는 척한다. 선 채로 핸드폰 게임을 한다.	
지하철	에스컬레이터에서 뛰어올라 가거나 뛰어내려 간다. 내리는 사람이 있어도 무조건 먼저 타고 본다. 큰 소리로 전화 통화를 한다.	
기차	앞 좌석을 발로 찬다. 큰 소리로 떠든다.	

5. 응이와 포동이의 악연

툴툴 마녀와 샤샤가 응이 방 창문으로 들어가려고 할 때였어.

커다란 솜뭉치 같은 것이 방 한가운데 덩그러니 있는 거야.

"저게 뭐죠?"

샤샤가 꼬리를 세우며 물었어.

"글쎄……, 위험한 물건은 아닌 것 같지?"

거실에선 여전히 큰 소리가 들리고 응이 방문이 살짝 열려 있었어. 방 안으로 무사히 들어왔나 싶었는데, 갑자기 솜 덩어리가 샤샤에게 달려들었어.

"으르르 으르르!"

코에 주름이 잔뜩 생긴 개가 솜처럼 하얗고 작은 몸집과는 달리 무섭게 으르렁거렸어.

"오마나, 깜짝이야! 이건 또 뭐야?"

샤샤는 털이 곤두섰어. 험상궂게 자기를 바라보는 개가 너무 무서웠어.

"샤샤, 너 개를 무서워하는구나!"

툴툴 마녀는 재미난지 깔깔대고 웃었어.

그때 응이가 방으로 들어왔어.

"어라? 벌써 방에 들어와 있었네?"

"내가 마녀란 걸 잊었어? 네 방에 들어오는 것쯤은 식은 도마뱀 스프 먹는 것보다 쉬운 일이야."

툴툴 마녀가 대수롭지 않게 말했어.

"저 개 좀 어디에다 치울 수 없어?"

샤샤가 불평을 했어. 샤샤는 털을 바싹 세우고 으르렁대는 개를 피해 책상 위에 올라가 있었지.

"너 또 내 방에 들어와 있는 거야? 너 때문에 내 방이 털 천지 잖아!"

응이는 개를 무지막지하게 들어 올렸어. 개가 응이 손아귀에서 버둥거리더니 응이 손을 꽉 깨물었어.

"아얏!"

응이가 개를 놓치는 바람에 개는 응이 손에서 풀려났지. 아니, 떨어졌다고 해야 정확할 거야.

"보기보다 무서운 개네."

툴툴 마녀가 고개를 저었어.

응이가 물린 손을 잡고 엄살을 부리면서 개에게 막 욕을 했어.

"쟤 이름은 포동이야. 처음엔 귀여웠는데 점점 못생겨지고 못된 짓만 하는 거 있지!"

응이는 포동이를 다시 잡으려고 방안을 뛰어다녔어. 포동인 응이한테 으르렁거리면서 안 잡히려고 뛰어다니고. 하지만 작은 방안에서 뛰어 봤자 벼룩이지.

응이는 재빠르게 포동이를 낚아챘어. 그러고는 꽉 붙잡아 움직이지 못하게 했지.

"야, 그럴 거까지야."

보다 못한 툴툴 마녀가 말렸어.

"얘가 내 손을 깨물었다고. 벌을 좀 받아야 해!"

툴툴 마녀 생각

포동이라는 저 개는 응이를 별로 좋아하지 않나 봐.
응이도 포동이를 좋아하지 않고. 그렇다고 응이 손가락을 무는
포동이나 포동이를 험하게 다루는 응이나 똑같은 녀석들이네!

응이 생각

나는 포동이에게 이름도 지어 줬고 먹을 것도 줬어.
꽉 안아 주기도 하고 같이 놀아 주기도 했다고.
그런데 이 녀석은 나를 왜 이렇게 싫어하는 거지? 에잇, 짜증 나!

응이는 포동이를 구석에 몰아넣고 혼을 냈어. 옆에 있던 자를 들어 포동이를 벌 세웠어. 포동이는 더 난리가 났지.

샤샤는 더 이상 이 광경을 볼 수가 없었어. 개가 무섭긴 했지만, 같은 동물로서 두고 볼 수만은 없었나 봐.

샤샤가 응이 엉덩이에 꼬리를 톡 갖다 대는 순간 응이가 엉덩방아를 찧으며 앉았어. 포동이는 이때를 놓칠세라 열린 문틈으로 쏙 빠져나갔어.

"너 지금 뭐 한 거야?"

툴툴 마녀가 샤샤에게 속삭였어.

"어깨너머로 배운 거예요. 엉덩이에 힘이 빠지는 마법이죠."

"흠, 제법인데?"

그러는 동안에도 응이는 씩씩대면서 다시 포동이를 잡으려고 거실로 뛰쳐나갔어.

"응이는 강아지 상식 백과를 보기는 한 걸까요?"

샤샤가 말했어.

"그런 걸 왜 봐? 그냥 키우면 되지."

툴툴 마녀가 무심하게 대답했어.

"그럼 툴툴 마녀님도 고양이 상식 백과를 안 봤단 말이에요? 정말 실망이에요."

샤샤 말은 이랬어. 포동이가 이응이를 깨문 건 순전히 이응이 잘못이라고. 이응이가 한 행동은 포동이가 정말 싫어하는 행동이었다고. 모든 걸 자기 기준에서 생각하면 안 된다고도 했지.

애완동물에 대한 배려

애완동물을 꼭 한 번 키워 보고 싶다고 생각한 적 있지?
개와 고양이처럼 익숙한 동물도 있고, 그렇지 않은
동물들도 많아. 그런데 사람과 동물은 많이 달라.
강아지가 어릴 때 깨무는 건 개의 습성이야. 한창 이가
자라고 간지러울 때 무엇이든 깨물고 싶은 게 본능이지.
그런데 이걸 혼내고 화만 내면 강아지도 무척 스트레스를
받을 거야. 꽉 껴안는 것도 마찬가지야.
목덜미나 가슴, 배를 쓰다듬는 건 좋아하지만
꽉 껴안는 건 개가 싫어하는 행동이라고.
누군가 내가 싫어하는 행동을 계속한다고 생각해 봐.
나라면 어떨까?
애완동물을 키우기 전에는 그 동물의 습성이나
좋아하는 것, 싫어하는 것을 미리 공부해 두어야 해.
그것이 같이 지낼 동물에 대한 예의이자 배려라고.

어린 강아지에게는
깨물고 놀 수 있는
장난감을 주면 좋아!

강아지를 너무
꽉 껴안으면 안 돼!

나는 동물이나 애완동물에게 실수한 적이 있었을까? 내가 좋아하는 동물이나 애완동물에 대해 알아보고 실수한 게 있는지 생각해 보면 좋을 거야.

툴툴 마녀	듣고 보니 나도 샤샤에게 미안한 점이 있어. 난 샤샤 꼬리 만지는 걸 좋아하는데, 고양이는 꼬리 만지는 걸 싫어한다니. 샤샤가 그동안 많이 참아 준 거였구나.
나	

애완동물에 대한 배려의 기술

1. 키우고 싶은 애완동물에 대해서 미리 조사를 한다.
2. 내가 처한 환경이나 비용을 꼭 생각해 보고
   키우기 어렵다면 아쉽지만 포기한다(친구 집이나
   애완동물 병원에 가서 보는 것만으로 만족한다).
3. 동물의 습성을 알고 적당한 장난감을 준다.
4. 산책이 필요한 동물은 스트레스를 받지 않도록
   하루에 적당량 산책을 시킨다.
5. 평생 동안 책임질 수 있을 때만 키운다.

6. 포동이의 결심

밤이 오자, 포동이가 샤샤에게 다가갔어. 게슴츠레했던 샤샤 눈동자가 커지면서 자기도 모르게 발톱을 세웠어.

"놀라지 마. 난 무서운 개가 절대로 아니야."

"아까 낮에 으르렁대다 못해 어두운 밤에 귀신처럼 나타나서는 무서운 개가 아니라고?"

샤샤 목소리가 떨렸어. 툴툴 마녀와 샤샤는 응이와는 달리 포동이와 말할 수 있었어. 그렇지만 이렇게 직접 포동이가 찾아오리라고는 생각하지 못했어.

"나 말이야, 가출을 할까 심각하게 고민 중이야."

샤샤가 안정을 찾고 포동이를 똑바로 쳐다봤어.

"네 마음은 알 것도 같아. 하지만 가출이라니!"

샤샤는 말도 안 된다고 생각했어.

"버려진 개들이 얼마나 불쌍한지 알고나 하는 소리야?"

"응이는 정말 못됐어. 그 애가 먼저 나를 버릴지도 몰라."

포동이는 생각보다 심각했어.

"응이는 자기밖에 몰라. 내가 귀엽다고 데려와 놓고는 하나도 신경 써 주지 않아."

응이네 집에서 이제 겨우 하루를 지냈지만 샤샤는 포동이 말에 고개가 끄덕여졌어.

응이와 포동이가 같이 지낸 지도 벌써 일 년이 다 되어 간대. 애완동물 가게에 있던 포동이를 응이가 데리고 온 거야. 그게 포동이가 태어난 지 삼 개월 되었을 때래. 응이네 가족은 강아지를 별로 좋아하지 않았대. 그때도 응이가 떼를 써서 포동이를 데리고 온 거였어. 포동이에 대한 일이라면 똥, 오줌 치우는 일부터 밥 주는 일까지 모두 하겠다고 약속을 하고 말이야.

그런데 애완동물을 키우는 게 그렇게 말처럼 쉽지가 않잖아. 아마 키워 본 사람이라면 다 알 거야. 막상 포동이를 데리고 오니까 귀여운 것보다 귀찮은 게 더 많은 거지. 처음에는 응이도 즐겁게 똥을 치웠대. 그렇게 일주일이나 지났을까, 이응이는 될 대로 되라하고 내버려 두기 시작했지.

"훈련도 시켜 주지 않고 간식도 주지 않으면서 똥 싼다고, 먹을 것만 밝힌다고 혼내는 게 말이 되냐고!"

포동이가 흥분하자 덜덜덜 솜뭉치 같은 몸뚱이가 흔들렸어.

"네 맘은 알겠어. 자기 맘대로 하는 사람을 나도 좀 아는데 말이야……."

대화를 엿듣고 있던 툴툴 마녀가 살짝 대화에 끼어들었어.

"음, 내 생각에는 말이야."

깜짝 놀란 샤샤가 헛발질을 했어.

"언제부터 거기 있었던 거예요?"

"샤샤, 뭘 그렇게 놀라? 난 그냥 궁금해서 왔을 뿐이야. 혹시 내 욕한 거야?"

우물쭈물하는 샤샤 옆에서 포동이가 물었어.

"무슨 좋은 생각이라도 있어?"

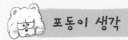

포동이 생각

응이와 처음 만난 날이 생각 나.
그날도 제발 이 아이는 아니었으면! 하고 얼마나 바랐는지 몰라.
응이가 나에게 다가올 때 더 짖지 않았던 게 후회돼.
처음부터 손가락을 꽉 깨물어 버리지 않았던 게 정말 후회된다고.

툴툴 마녀 생각

처음부터 응이가 포동이를 싫어했던 건 아닌 것 같아.
어쩌다 저 둘 사이가 저렇게 되었을까? 서로 이렇거나
맞지 않는다면 어쩔 수 없지. 그냥 따로 사는 게 정답일 거야.

"너와 이웅이는 서로 안 맞는 거 같으니까 각자 자기 갈 길을 가는 거야."

툴툴 마녀의 말에 듣고 있던 샤샤가 소리를 질렀어.

"툴툴 마녀님! 그렇게 무책임한 말이 어딨어요?"

"나는 샤샤에게 어떤 훈련도 시키지 않았어. 그런데 샤샤는 자기가 다 알아서 한다고."

샤샤는 어이가 없었어.

"그건 제가 아주 똑똑해서라고요!"

이렇게 말하고나자 샤샤는 포동이가 기분 나쁠지도 모른다는 생각이 들었어.

"아니…, 내 말은 네가 바보 같다는 게 아니야. 알지? 나는 마법 세계에서 온 고양이고……."

"그래, 다 알았어."

포동이는 힘없이 자기 집으로 돌아갔어. 꼬리가 축 쳐진 채로 말이야.

"포동아……."

샤샤는 툴툴 마녀가 원망스러웠어.

"이건 포동이와 웅이 문제야. 네가 도와줄 건 없어."

오늘따라 샤샤는 툴툴 마녀의 목소리가 아주 고약하게 들렸지.

가짜 배려와 진짜 배려

나는 포동이에게 자꾸만 마음이 가. 무언가 도와주고
싶은 마음이지. 그렇지만 툴툴 마녀는 포동이가 응이와
풀어야 하는 숙제라고 생각해. 그래서 다른 사람은
도와줄 수 없대. 나와 툴툴 마녀 중 누가 맞고
누가 틀리다고 말할 수 있을까?
만약 이런 경우라면 어떨까? 나는 중요한 일이 있어.
그런데 엄마 때문에 화가 난 친구가 자기 말을 좀 들어
달라는 거야. 그 친구를 배려한다고 정작 내 일을 하지
못한다면 그건 진정한 배려가 아니야. 나중에 친구를
원망하게 될 지도 모르거든.
다리를 다친 친구가 있어. 그 친구를 배려한다고 집에
있으라 하고 다른 친구들끼리 나가서 축구를 하는 거야.
다리를 다친 친구는 배려를 받았다고 생각할까?
진짜 배려는 배려하는 사람과 받는 사람의 마음이 같아야
해. 나는 배려라고 생각하는데 받는 사람은 부담이 되거나,
오히려 기분이 상한다면 진정한 배려의 모습이 아닌 거야.

나는 잘못된 방법으로 남을 배려한 적이 있었을까?

툴툴 마녀	마법을 잘못 써서 대머리가 된 띨띨 마녀에게 예쁘다고 한 적이 있었어. 창피할까 봐 배려한 거였는데, 지금 생각해 보니 놀린다고 생각했을 거 같아.
나	

가짜 배려는 어떤 것?

1. 평소에는 관심조차 없던 아이가 반장이 되자
   무엇이든 도와주겠다고 하는 것.
2. 공중화장실에서 기다리는 사람을 생각해서
   용무가 끝나지도 않았는데 빨리 나오는 것.
3. 할머니가 힘드실까 봐 식구들 놀러 갈 때
   집에 계시라고 하는 것.
4. 친구와 같이 놀아 주려고 그 친구와
   비슷한 인형을 사는 것.
5. 장애인 친구를 불쌍하다고 생각해
   무조건 도와주는 것.

7. 포동이 가출 사건

응이가 학교에 갔어. 일찍 올 거라면서 자기 방에서 꼼짝도 하지 말라고 툴툴 마녀에게 일러두었지. 응이 아빠는 새벽부터 택시를 몰고 나갔고, 엄마도 일이 있다고 나갔어.

집이 아주 조용했어.

"에고, 배고파. 이 집 아줌마는 손님에게 밥도 안 주고 자기 볼일을 보러 나갔네."

식탁에는 응이가 먹다 만 시리얼이 지저분하게 놓여 있었어.

"이거라도 드세요, 툴툴 마녀님."

샤샤가 입맛을 다시며 말했어.

"난 남이 먹다 만 음식은 안 먹거든?"

툴툴 마녀가 툴툴거렸어.

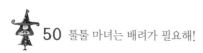

이때다 싶어 샤샤는 시리얼은 빼고 우유만 쪽쪽 핥아먹었지.

"그렇게 배가 고프면 포동이에게 밥 좀 나눠 달라고 하던가?"

"히힛, 그럴까요?"

샤샤는 슬금슬금 걸어서 포동이 집으로 다가갔어. 어라? 그런데 포동이가 집에 없는 거야. 샤샤가 집 안을 돌아다니며 포동이를 찾았지만 포동이는 흔적도 없이 사라지고 없었어.

"포동이가 진짜로 가출을 했나 봐요!"

무슨 생각을 하는지 샤샤가 이리 갔다 저리 갔다 집 안을 뱅글뱅글 돌았어.

"이러고 있을 때가 아니에요. 우리라도 찾아봐야겠어요."

"찾긴. 포동이도 자기 갈 길을 간 건데 뭘."

"툴툴 마녀님, 제가 가출해도 그러실 거예요?"

샤샤가 너무 화를 내는 통에 마지못해 툴툴 마녀는 거리로 나왔어. 골목골목을 다 찾아보았어. 하지만 포동이는 어디에도 보이지 않았어. 이삼십 분쯤 돌아다녔을까? 다른 골목이 시작되는 코너에 낯익은 목줄이 버려져 있었어.

"저거, 포동이 목줄 같은데?"

샤샤는 잽싸게 달려가 목줄 냄새를 맡아 보았어. 목줄에서는 포동이 냄새는 물론이고 포동이의 하얀 털까지 붙어 있었어.

"이 골목 어딘가로 잡혀간 거 같아요!"

툴툴 마녀도 벗겨진 목줄을 보자 조금은 걱정이 되었지. 툴툴

 **포동이 생각**

난 참을 만큼 참았어. 더 이상 웅이와 같이 지내는 건 못 하겠어.
길거리가 아무리 험한 곳이라지만 웅이가 내게 하는 짓보다
험하겠어? 그런데 이게 정말 잘한 결정일까?
사실 무척 겁이 나.

 툴툴 마녀 생각

왜 가출한 포동이를 찾아야 하는지 모르겠어.
샤샤는 오지랖이 너무 넓어. 하긴……. 나도 샤샤가 아니었다면
마왕의 카타리나 사건 후 힘든 시간을 잘 이겨 내지 못했을 거야.
그래도 그건 나와 샤샤 사이니까 그런 거고,
포동이를 언제 봤다고 그렇게 신경을 쓰냐고!

마녀는 샤샤 뒤를 따라 골목 끝까지 포동이의 흔적을 따라가 보
았어. 그러다가 골목 제일 끝 집까지 왔을 때 대문 사이에 하얀
색 털이 한 웅큼이나 끼어 있는 걸 발견했어.

"이 집인 것 같아요!"

샤샤의 심장이 쿵쾅거렸어. 샤샤는 당장 그 집 담장을 넘었어.
마당 귀퉁이 지하로 가는 계단 입구까지 갔을 때였어. 희미하게
개 짖는 소리가 들려왔어.

"포동아! 너 여기 있니?"

샤샤가 다급한 목소리로 외쳤어.

"샤샤! 나 여기 있어! 나 좀 꺼내 줘."

포동이 목소리가

분명했어. 샤샤가 조심스럽게

계단을 내려갔지. 하지만 지하에

있는 철문은 아주 큰 자물쇠로 잠겨 있었어.

"이런! 자물쇠로 잠겼어…! 잠깐만 기다려. 툴툴 마녀님이 분명 도와주실 거야!"

집 밖으로 빠져나온 샤샤는 툴툴 마녀에게 상황을 설명했어.

"도와주실 거죠?"

샤샤가 애원하듯 물었어.

"뭘 도와줘? 응이가 찾으면 알려 주고, 안 찾으면 우리도 모른 척하자고."

샤샤는 툴툴 마녀가 너무 인정머리 없다고 생각했어.

상대를 헤아릴 수 있는 건 마음이야!

힘든 일 때문에 고민하는 친구가 있어.

그 친구는 나와 친한 친구는 아니야.

그러면 그 친구를 도와줘야 할까, 모른 척을 해야 할까?

난 이렇게 생각해. 이해와 배려를 받아 본 사람이

다시 다른 사람을 이해하고 배려할 수 있는 거라고.

누군가 포동이의 마음을 이해하고 도와준다면,

포동이도 응이의 마음을 이해할 수 있을지 몰라.

그래서 난 포동이를 모른 척할 수 없어.

누군가가 나를 생각하는 마음을 알게 되면

마음이 따뜻해진다는 걸 너무나 잘 알고 있으니까.

내 마음의 온도는 얼마나 될까?

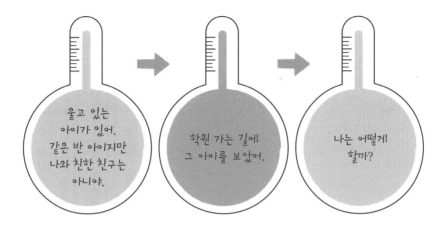

울고 있는
아이가 있어.
같은 반 아이지만
나와 친한 친구는
아니야.

학원 가는 길에
그 아이를 보았어.

나는 어떻게
할까?

마음의 온도를 높이는 기술

1. 고마운 일을 당연하게 생각하지 않는다.
2. 내가 말하기보다 다른 사람의 말을 공감하며
   들어준다.
3. 친구에 대해서 험담은 피하고 칭찬은 많이 한다.
4. 항상 다 잘 될 거라고 긍정적인 생각을 한다.
5. 받는 것보다 주는 것을 더 기쁘게 생각한다.

8. 응이의 진짜 속마음

학교에서 돌아온 응이가 제일 먼저 한 건 내기 제안이었어.

"툴툴 마녀, 내기 재대결을 신청한다!"

아주 의미심장한 말투로 내기 내용까지 줄줄 얘기를 했지.

"이번 내기는 우리가 간식을 하나씩 들고 있으면 포동이가 누구한테 가느냐 하는 거야. 포동이가 가는 쪽이 이기는 거고."

응이는 주머니에서 마트에서 파는 싸구려 개 간식을 꺼냈어.

분명 포동이가 주인인 자기에게 올 거라고 확신했거든.

"머리 좀 썼네. 근데 그걸 먹을 포동이가 어디에 있을까?"

툴툴 마녀 말에 응이가 포동이를 찾기 시작했어.

"우쭈쭈, 보고 싶었쪄. 포동이 이리 온."

응이 목소리가 평소와는 달리 애정이 넘쳤어.

"진짜 보고 싶었어? 내기 때문에 찾는 건 아니고?"

툴툴 마녀가 빈정댔어.

"어제도 말했지만 포동인 내 애완견이거든?"

샤샤가 못 참고 응이에게 다가갔어.

"포동이가 가출, 아니 납치된 거 같아."

"뭐? 납치됐다고?"

응이의 동그란 눈이 더 크고 동그래졌어.

"그래. 툴툴 마녀님과 내가 포동이 있는 곳을 알아냈어."

샤샤 말에 응이 머릿속은 여러 가지 생각으로 복잡해졌어. 이제 포동이가 싼 똥이랑 오줌을 안 치워도 혼날 일이 없게 된 거잖아. 손가락도 더 이상 깨물리지 않을 테고.

"내가 이럴 줄 알았다니까. 너 솔직히 포동이가 사라진 게 시원한 거지?"

샤샤 말에 찔려서 응이는 더 큰 소리로 말했어.

"아니야! 절대! 어서 앞장 서. 포동이를 찾아야지!"

응이는 툴툴 마녀와 샤샤를 따라나서면서도 어쩐지 발걸음이 무거웠어. 그런데 걸음을 멈춘 곳이 다름 아닌 응이네 반 반장이 사는 곳이었어.

"어? 여기는 왕만두네 집인데?"

응이는 왕만두와 친하지는 않았어. 하지만 아이들이 만두네 집에 자주 몰려다녀서 부러운 마음에 뒤를 쫓아간 적이 있었거든.

"이 집에 사는 애를 알아? 샤샤가 그러는데 이 집 지하실에 포
동이가 갇혀 있다던데?"

툴툴 마녀가 손톱에 낀 때를 후후 불며 태연하게 물었어.

그때 조용하던 골목길에 갑자기 웬 남자 목소리가 들려왔지.

"너희들은 누군데 남의 집을 기웃거리는 거냐?"

키가 작고 배가 좀 나온 아저씨였어. 응이가 대뜸 말했지.

"안녕하세요? 저는 왕만두 친구예요. 아저씨는 왕만두 아빠
죠? 아저씨가 우리 포동이를 납치했어요? 우리 포동이는 솜뭉치
같이 하얀 털을 갖고 있는 똥개예요."

툴툴 마녀 생각

응이란 녀석, 정말 대책이 안 서는 녀석이란 말이야.
친구의 아빠가 저렇게 당황하는 모습을 보고도 즐거워하고 있잖아.
평소 왕만두란 녀석한테 안 좋은 감정이 있는 게 분명해.

왕만두 아빠 생각

우리 만두 친구라고? 한 번도 못 봤던 녀석이네.
그나저나 오늘 데려온 개가 하필 만두 친구의 개라니…….
우리 집에 개가 있다는 걸 만두에게 말하면 안 되는데…….
만두가 집에 개들이 있다는 걸 알면 기절할지도 몰라.
어렸을 때 개에 물린 상처 때문에 개라면 귀신보다 무서워하는데!
게다가 만두 친구는 내가 자기 개를 납치했다고 생각하잖아.
집 나온 개들을 그냥 두고 볼 수 없어서 몰래 돌봐주고
있는 것뿐인데. 이것 참 난처하게 되었네.

응이는 포동이가 똥개라는 말을 아무렇지 않게 뱉었어.

아저씨는 갑자기 얼굴이 벌개졌어.

"납치…라고? 내……, 내가?"

"네, 아저씨네 집 지하에 우리 포동이가 갇혀 있다는데 지하실 좀 봐도 될까요?"

응이는 거침이 없었어.

"난 포동이란 똥개는 전혀 모르겠고, 너란 아이도 처음 본다. 만두 친구는 내가 다 아는데?"

아저씨는 딱 잡아뗐어.

"아니, 뭐 친구까진 아니지만 같은 반이라고요."

응이 목소리가 조금 전보다 누그러들었어.

"그러면 그렇지. 우리 만두는 공부도 잘하고 성격도 좋은 애하고만 친한데, 내가 널 모르는 걸 보니 넌 다 별로인가 보다."

공부도 못하고 아이들과 잘 지내지도 못하는 건 사실이지만 응이는 아저씨 말에 기분이 상했어.

"뭐, 공부만 잘하면 제일인가요? 저는 공부보다 내기에 아주 자신 있는 어린이거든요?"

곁에서 보고만 있던 샤샤가 응이에게 속삭였어.

"우린 싸우러 온 게 아니고 포동이를 구하러 온 거야."

샤샤 말에 응이가 아저씨를 째려보며 말했어.

"내가 공부도 못하고 성격도 별로일 것 같다고 하시잖아!"

어른과 약자를 배려하는 법

어른에게 예의를 갖추는 것은 당연한 일이야.

세상을 오래 살면 세상을 사는 방법이나 경험에 대해서

아는 것이 많아져. 그래서 나이가 많은 어른들을 존중해야

하는 거야. 그게 어른에 대한 배려이고.

아이나 약자에게도 예의를 갖추는 건 당연해.

나보다 어리고 약한 사람을 보살피고 염려하고

위해 주는 건 약자에 대한 배려라고.

그런데 응이나 아저씨 모두 상대방에 대한 배려가

전혀 없어. 응이는 아빠처럼 나이 많은 아저씨에게

목소리 높여 대들고, 아저씨 역시 응이에게 공부나

성격이 별로일 것이라고 대놓고 말하다니!

두 사람 모두 서로를 배려하지 않았으니, 배려 받을

자격도 없어. 응이와 아저씨, 둘 다 어떡하면 좋을까?

툴툴 마녀의 경우를 살펴보고, 나는 우리 가족과 윗사람을 배려하지 못한 적은 없었는지 생각해 보자.

마왕님을 배려하지 못한 일	어린 마녀들을 배려하지 못한 일
마왕님이 입맛이 없으신 것 같아 대신 개구리 요리를 먹어 드린 적이 있다. 사실 개구리 요리는 마왕님이 제일 좋아하는 요리이자 툴툴 마녀가 제일 좋아하는 요리였다. 마왕님이 그날은 입맛이 없었을 거라고 툴툴 마녀는 억지로 생각했다.	어린 마녀들이 수업 시간에 못 알아듣는다고 마구 화를 냈다. 사실 알아듣기 쉽게 최대한 쉬운 단어를 사용해서 마법을 가르칠 수도 있었지만, 툴툴 마녀는 자신이 위대하다는 걸 보여 주고 싶었다.
마왕님이 아프시던 날, 대신 마법 빗자루를 청소해드렸다. 사실은 마왕님 빗자루의 성능을 몰래 시험해 보기 위해서였는데, 결국 들켜서 혼이 났다.	매번 마법에 실패한 어린 마녀에게 창피를 주었다. 어린 마녀가 열심히 한 것을 알고 있었는데도, 다른 마녀들에게 본보기를 보이기 위해서 화를 낸 것이다.
우리 가족을 배려하지 못한 일	윗사람을 배려하지 못한 일

9. 왕바둑 씨의 사연과 새로운 내기

"저희는 지하실만 확인하고 갈게요."

웅이가 당차게 말했어.

"내 집 지하실을 너희들이 뭔데 봐?"

아저씨도 만만치 않았어.

"그러면 왕만두에게 얘기하는 수밖에 없네요. 그럼 우리 반 애들도 아저씨가 개 납치범이라는 걸 다 알게 될걸요?"

아저씨 얼굴이 노래졌어.

"잠깐만. 내 말 좀 들어 봐라. 난 납치한 게 아니야. 주인 없는 개를 보호하고 있던 것뿐이야."

그러면서 아저씨가 한 말은 이랬어.

아저씨 이름은 왕바둑인데, 이름 때문에 어렸을 때부터 놀림을

많이 받았대. 그런데 길을 잃어버린 개의 모습이 마치 어릴 때 놀림 받던 자신의 모습 같았다는 거야. 그래서 집 잃은 개들을 데려와 돌보며 주인을 찾아 주고 있었대. 하지만 아들인 만두가 어렸을 때 기억으로 개를 아주 싫어하기 때문에 만두에게는 비밀로 하고 개를 돌보고 있다는 거야.

"주인을 찾아 주는 게 아니라 어딘가에 내다 파는 거겠죠? 그러니까 포동이도 돌려 주지 않는 거잖아요."

응이가 따지고 물었어.

"네가 봤어? 그런 거 절대 아니라니까!"

아저씨는 큰 동작으로 두 손을 저으며 지하실로 향했어.

두꺼운 자물쇠가 철컥 열리자, 그 안에서 개들이 짖는 소리가 들려왔지.

철창에 갇혀 있던 포동이는 응이를 보자 가슴이 덜컥 내려앉았어. 샤샤와 툴툴 마녀가 자기를 데리러 올 거라고 생각했거든. 사실 샤샤에게 꺼내 달라고 한 건 왕바둑 씨가 주인을 찾으면 다시 응이네 집으로 되돌아가야 하기 때문이었어. 그건 너무 끔찍했거든.

아저씨가 포동이를 가리키며 이 개가 네 개냐고 하자, 이응이가 고개를 끄덕였어.

"너 앞으로 이 개 주인 행세를 하려거든 연락처와 이름을 쓴 목걸이를 꼭 걸어 줘야 한다. 네가 만두네 반 아이라고 하니까 돌려 주는 거야. 앞으로 개 잃어버리지 말고!"

아저씨는 포동이를 번쩍 안아서 응이 품에 안겨 주었어.

"조금 있으면 우리 만두가 올 시간이다. 주인을 찾았으니 됐다 됐어. 이제 어서 가라. 이 얘긴 만두에게 절대 비밀이야."

응이는 그런 아저씨를 보며 씨익 웃었어. 포동이를 찾아서 나오는 웃음이 아니었지.

왕바둑 씨 생각

저 웃음의 의미가 뭐야? 아무래도 저 녀석 비밀을 지킬 것
같지가 않아. 내가 없는 칭찬이라도 해 줘야 하나?
호빵처럼 생겨 가지고 어른에게 대들기나 하고,
칭찬할 구석이 하나도 없는데 어쩌면 좋지?

응이 생각

비밀이라고? 누구 맘대로? 왕만두 아빠가 개 납치범 왕바둑 씨라고
하면 분명 만두는 아이들에게 웃음거리가 될 거야.
이렇게 좋은 기회를 잡았는데 허무하게 없애 버릴 수는 없잖아?

"왜 대답을 안 해? 네 개를 찾아 줬는데 고맙다고 안하고!"

아저씨가 다그쳤어.

"아저씨는 처음부터 거짓말을 했잖아요. 또 지금은 포동이를 모른다면서 지하실에서 꺼내 주시니까 제가 수상하게 여길 수밖에요."

　응이는 아저씨 약점을 잡고는 꼭 만두의 약점을 잡은 것처럼 신이 났어.

　"뭐? 그렇게 알아듣게 얘기를 했는데 아직도 나를 개 납치범 취급을 하는 거냐?"

　아저씨는 화가 머리끝까지 난 것 같았어.

　툴툴 마녀가 응이의 옷자락을 잡아끌며 아저씨에게 말했어.

　"걱정 마세요. 우린 포동이를 찾았으니 됐어요."

　포동이를 안은 응이와 툴툴 마녀, 샤샤가 골목을 나왔어.

　골목 끝에서 응이가 포동이를 툴툴 마녀에게 넘겼어.

　"애 좀 데리고 있어. 난 할 일이 있거든."

　그러면서 길가 끝에 있는 수학 학원 근처에서 서성거렸지.

"대체 뭘 하려고 그래?"

툴툴 마녀가 소리쳤어.

응이는 실실거리기만 했어.

잠시 후 아이들이 학원에서 쏟아져 나왔지.

"야, 왕만두! 나 좀 보자."

응이가 아이들 틈에 섞인 한 아이를 불렀어.

"너 나랑 내기 하나 해. 네가 이기면 끝내주는 비밀 하나 알려 줄게."

샤샤는 응이가 만두에게 하는 말을 듣고 깜짝 놀랐어.

"툴툴 마녀님, 응이가 결국!"

"그럼 그렇지. 그냥 넘어갈 녀석이 아니지."

툴툴 마녀도 어이가 없었어.

포동이가 툴툴 마녀에게 안겨서 훌쩍거렸어.

"저것 봐. 저런 애 곁에 내가 있고 싶겠어?"

"네가 가출만 안 했어도 이런 일이 안 일어났을 거 아냐!"

툴툴 마녀가 포동이에게 쏘아붙였어.

샤샤는 이번 일이 포동이 잘못인지, 응이 잘못인지에 대해 생각하느라 머리가 핑핑 돌았어.

비밀은 꼭 지켜야 할까?

누구나 비밀 하나쯤은 가지고 있어.
나 역시 툴툴 마녀에게 말하지 못한 비밀이 있고,
툴툴 마녀도 자기만의 비밀이 있을 거야.
왕바둑 아저씨가 남의 개를 맘대로 데려간 건
잘못한 일이야. 하지만 주인을 찾아 주려고 그랬다잖아.
그게 아들인 만두에게 말하지 못할 비밀이라면
지켜 줘야 하는 게 마땅해. 다른 사람의 비밀을 들었을 때
누군가에게 말하고 싶어진다면, 차라리 이렇게 말을 해 봐.
"난 비밀을 지킬 자신이 없어.
나에게 절대 비밀을 말하지 마!"

다른 사람의 비밀을 꼭 지켜 줘야 할까?

툴툴 마녀	내 생각이나 상황에 따라 남의 비밀은 지킬 수도 있고 지키지 않을 수도 있어. 하지만 내 비밀이 밖으로 새 나간다면 견딜 수 없어!
샤샤	무슨 일이 있어도 비밀은 지켜야 한다고 생각해. 비밀은 그 사람의 약점일 수도 있어. 그런 걸 말해 버린다면 정말 비겁한 짓이야.
왕바둑 씨	비밀은 죽을 때까지 지켜져야 해. 비밀이란 믿음과도 같은 거야. 비밀을 말하는 건 껌 종이처럼 믿음을 아무데다 버리는 것과 같아. 상대를 정말 배려한다면 쉿! 입을 굳게 다물어야 해.
나	

비밀을 지키는 법

비밀을 지키기 위해서는 무엇보다 자기 스스로를
막을 수 있는 법을 깨달아야 한다.

1. 친구의 비밀을 알고 있더라도 그 친구가 나에게
   잘못한다고 해서 감정적으로 대해서는 안 된다.
2. 비밀을 지키지 않아 상대가 상처 받았듯이
   나도 언젠가 똑같은 상처를 받을 수 있다는 것을
   명심해야 한다.
3. 비밀을 알고 있다는 것을 자랑으로 여기면 안 된다.
4. 어떤 친구의 비밀을 얘기한다고 해서 내가
   다른 사람과 더 친해질 수 있다는 생각을 버린다.
5. '나는 비밀에 대하여 모르는 사람이다'라고
   항상 생각한다.
6. 엎질러진 물은 다시 담을 수 없듯이, 말한 후
   후회해도 소용없다는 것을 명심해야 한다.

10.진짜 슈퍼 배드

"끝내주는 비밀? 그게 뭔데?"

만두가 대수롭지 않게 물었어.

"비밀이라고 했잖아. 그것도 끝내주는. 그러니까 비밀을 알고 싶으면 나랑 내기를 하자니까."

"너와는 내기 안 해. 만날 지면서. 시시하게."

응이는 반 아이들이나 또래들과 내기를 하면 항상 내기에서 졌어. 그래서 자기가 이길 만한 말도 안 되는 내기를 하자며 아이들을 물고 늘어졌지. 아이들은 그런 응이를 싫어했어.

몰려 있던 친구들이 만두를 불렀어.

"난 지금 다른 학원에 가야 해서 말이야. 내기를 한대도 지금은 시간이 없어."

만두가 돌아섰어. 그러자 웅이 목소리가 다급해졌어.

"비밀이 너희 아빠 왕바둑 씨에 대한 건데 그냥 갈 거야?"

"네가 우리 아빠를 어떻게 알아?"

돌아서던 만두가 멈칫했어.

"그러니까 끝내주는 비밀이라고 말했잖아? 지금 네가 그냥 가면 우리 반 애들한테 다 말해 버릴 수도 있어."

만두는 으름장을 놓는 웅이에게 화가 났어. 학원엔 가야 하고 웅이는 버티고 있고 만두는 어찌할 바를 몰랐지.

웅이가 하는 걸 지켜보던 샤샤도 더 이상 참을 수가 없었어.

"툴툴 마녀님, 두고 보고만 있을 거예요?"

"흠……, 저렇게 치사하게 나오다니. 좀 너무한데?"

툴툴 마녀도 웅이가 너무했다 싶었던지 5미터쯤에 떨어져 있던 빈 캔을 향해 손가락을 뻗었어. 그러면서 중얼중얼 주문을 외웠지.

순간 바람이 일더니 캔이 순식간에 날아올랐어. 웅이 이마에 빈 캔이 경쾌한 소리를 내며 부딪쳤다 떨어졌어.

"아야, 아야야!"

웅이 이마가 발갛게 부풀어 올랐어. 땅콩만한 혹도 생겼지.

"지금 내기나 하고 있을 때가 아니야. 이마에 난 상처를 빨리 치료하지 않으면 죽을지도 몰라!"

툴툴 마녀가 수선을 피웠어. 웅이도 곧 어떻게 될 것처럼 엄살

을 떨었지.

"왕만두! 내기는 다음에 해. 난 지금 집에 가야 할 것 같으니까!"

응이는 뒤도 안 돌아보고 집으로 뛰었어. 포동이를 안고 있는 툴툴 마녀와 샤샤도 같이 뛰었어.

만두는 멀뚱히 서서 그 모습을 지켜보았어. 아빠의 비밀은 뭐고, 그걸 왜 응이가 알고 있는지 한참을 생각하면서.

 **만두 생각**

아빠의 비밀이라니! 응이가 우리 아빠의 비밀을 어떻게 알고 있다는 거지? 대체 무슨 비밀일까? 아빠는 응이 같은 녀석과 왜 비밀을 만들게 된 거지? 집에 가서 아빠에게 물어봐야 하나…….

 응이 생각

빈 캔이 도대체 어디서 날아온 거지?
내기에서 이기면 엄청난 비밀을 알려주겠다는데 학원에 가야 한다니 말이 돼? 만두가 학원에 많이 다니는 건 알고 있지만,
그래도 난 기다려 줄 수 없어. 지금은 잠깐 내기를 미루는 것뿐이야.
왕만두를 꺾을 좋은 기회를 절대 날려 버리지 않을 거야.

집으로 온 응이는 응급 용품이 들어 있는 상자를 부리나케 들고 나왔어. 그러고는 그 안에 있는 것들을 전부 다 꺼냈어.

"나 정말 죽는 건 아니겠지?"

응이가 심각하게 물었어.

"쯧쯧, 그런 상처로 죽는 사람이 어딨냐?"

툴툴 마녀는 응이가 꺼낸 응급 용품을 건성으로 뒤적거리다 밴드 하나를 집어 들었어. 그러고는 아무렇지 않게 이마에 밴드를 붙여 주었지.

"아까는 죽을지도 모른다며! 그럼 왕만두와 내기를 할 걸 그랬잖아!"

상처가 심각하지 않다는 걸 깨달은 응이가 버럭 화를 냈어.

"너 좀 심한 거 아냐? 친구에 대한 배려가 눈곱만큼도 없잖아."

툴툴 마녀가 쏘아붙였어.

"무슨 배려? 자기 아빠 비밀을 아는데 당연히 내가 하자는 대로 해야지."

응이 말에 툴툴 마녀가 고개를 절레절레 흔들었어.

"정말 아저씨 비밀을 말하려는 거야?"

샤샤도 점점 화가 나기 시작했어.

"왕만두가 내기에서 이기면 비밀을 말해 준다니까! 하지만 이번엔 꼭 내가 이길 거니까 비밀을 말할 필요가 없다고."

도무지 응이와는 말이 통하지 않았어.

그러는 동안, 포동이는 발수건을 물어뜯고 있었어.

서로의 시간을 배려한 적 있나요?

응이는 학원에 가야 하는 만두를 붙잡고 내기를 하자고
했어. 만두가 방과 후에는 늘 학원에 다닌다는 걸 알고
있었는데도 말이야.

당장 하고 싶은 것이라도 상대가 시간이 없다는 걸
알았을 때는 상대를 배려해야 해. 그리고 내가 잠깐
시간 여유가 있어 놀고 싶을 때도 상대를 배려해야 해.
친구를 불러 놓고 잠깐 놀다가 가 봐야 한다고 하면
그 친구는 기분이 좋을까? 이럴 때는 미리 놀 시간이
어느 정도 있는지 친구에게 말해 두어야겠지.

또, 나는 시험공부를 다 했는데, 시험공부를 하고 있는
친구에게 자꾸 말을 시켜도 안 돼. 바쁜 부모님한테
놀이동산에 가자고, 외식을 하자고 조르는 것도
마찬가지야. 부모님이 언제 바쁘지 않을지 생각한 후에
계획을 세우는 게 좋겠지.

내가 친구나 부모님께 조금 양보했을 때 더 많은 것이
내게 돌아온다는 사실을 꼭 기억했으면 좋겠어.

사람마다 시간을 보내는 법이 달라. 내가 시간이 많을 때 상대는 시간이 없을 수 있고, 반대로 내가 시간이 없을 때 상대는 시간이 많을 수도 있어. 이럴 때 나는 어떻게 해야 할까?

상황 1

다리가 아프신 할머니와 산책을 하러 나왔어.
나는 빨리 걷고 싶은데 할머니 걸음은 느리기만 해.
이럴 때 나는 어떻게 할까?

상황 2

친구와 숙제를 같이 하고 놀기로 했어.
그런데 내가 먼저 숙제를 끝냈고 친구는 많이 남아 있는 상태야. 다른 친구들은 이미 밖에서 놀고 있었고.
이럴 때 나는 어떻게 할까?

먼저 자리에서 일어나야 하는
친구를 위한 배려의 기술

1. 더 놀고 가자고 억지로 붙잡으면서
   부담을 주지 않는다.
2. 친구가 시계를 보면 내가 먼저 "이제 가야 하지?"
   라고 얘기해 준다.
3. 내가 이야기를 하는 도중 말을 끊더라도
   서운해하지 않는다.
4. 다음에 또 놀자고 하며 기분 좋게 보내 준다.
5. 무슨 일이 있는지 꼬치꼬치 캐묻지 않는다.

II.체험 학습장에서 생긴 일

응이는 체험 학습을 가고 포동이는 내내 잠만 자는 오후였어.

"에고, 스트레스를 너무 받아서 수염이 자꾸 빠지네."

샤샤가 바닥에 뒹구는 수염 몇 개를 안타깝게 주워 들며 울상을 지었어.

"신경 쓰지 않아도 되는 걸 신경 쓰니까 그렇지."

툴툴 마녀가 샤샤를 보며 피식 웃었어.

"웃음이 나와요? 내 스트레스 원인은 툴툴 마녀님에게도 있다고요. 응이를 정말 두고 보기만 할 거예요?"

"난 말이야, 구경하는 게 최고로 좋아."

"쳇, 옛적 기억은 하나도 안 떠오르나 봐요? 인간 세계 아이들이 도움을 줬던 일 말예요!"

샤샤는 예전에 인간 세계에 왔던 기억을 떠올렸어.

"난 말이에요, 응이가 말도 안 되는 내기를 하는 것도 그렇고 친구가 없는 것도 이유가 있다고 봐요."

샤샤 말에 툴툴 마녀가 조금 미안한 생각이 들었는지 머리를 긁적였어.

"그 이유가 뭔데?"

"아휴. 그 이유를 찾느라고 힘든 거잖아요!"

샤샤는 매일 응이를 아는 애가 없나 물어보고 다녔어. 응이가 말도 안 되는 내기를 왜 하는지, 포동이나 친구들에게는 왜 친절하지 않은지 궁금했거든. 그런데 주로 동네 떠돌이 고양이들에게 물으니까 별로 얻는 게 없었지.

"그래서 오늘은 응이한테 가 볼 참이에요."

그래도 툴툴 마녀가 반응이 없자 샤샤가 소리쳤어.

"이럴 거예요, 정말? 마왕님이 내 준 카드 비밀은 어떻게 풀려고 그래요!"

그제서야 툴툴 마녀는 빈칸을 채워 오라던 마왕의 카드가 생각났어.

"알았어, 알았다고!"

툴툴 마녀는 샤샤를 따라나섰어. 응이는 선생님을 따라 반 아이들과 함께 딸기 농장으로 체험 학습을 갔지. 빗자루에 올라 탄 툴툴 마녀는 샤샤가 준 지도를 보며 딸기 농장을 찾아냈어.

"저기 있어요!"

선생님을 중심으로 아이들이 옹기종기 모여 있는 곳에 응이도 보였어. 툴툴 마녀와 샤샤는 좀 더 가까이 가서 지켜보기로 했어.

"야! 너 자꾸 장난칠 거야?"

왕만두가 응이에게 소리쳤어.

아까부터 응이는 어디서 구했는지 애벌레 몇 마리를 잡아서 짓궂은 장난을 쳤어. 여자아이들이 소리를 지르고 도망을 가는 통에 제대로 딸기밭을 볼 수 없었지. 반장인 만두가 소리를 쳤어.

"너 때문에 딸기도 못 먹고 체험 학습도 제대로 못하잖아!"

"애벌레가 어떻게 생겼는지 아는 것도 체험 학습이야! 안 그래?"

응이가 히죽거렸어.

응이 생각

체험 학습을 왔다고 지들끼리 더 몰려다니는 걸 못 봐주겠어.
나한텐 관심도 없고! 애벌레를 발견하지 못했으면 어쩔 뻔 했어?
선생님께 혼이 나더라도 난 끝까지 애벌레를 버리지 않을 거야!

툴툴 마녀 생각

응이가 저렇게까지 심각한 줄은 몰랐어.
왜 아이들과 친하게 지내지 못하고 짓궂은 장난으로 아이들을
괴롭힐까? 샤샤 말대로 정말 그러는 이유가 있는 걸까?

툴툴 마녀는 응이가 이렇게까지 말썽쟁이인 줄 몰랐어. 툴툴
마녀는 침으로 헝클어진 머리를 정리했어. 그러고는 비닐하우스
로 들어갔어. 애벌레를 피해 멀찌감치 떨어져 있는 한 아이 옆으
로 가서 모르는 체 물었어.

"무슨 일 있니?"

"아휴, 쟤 때문에 체험 학습이 엉망이 됐어."

아이가 투덜거렸어.

"쟤가 너희 반 말썽쟁이인가 보네?"

"예전엔 착한 애라고 생각했는데……."

아이 말에 툴툴 마녀가 깜짝 놀라 물었어.

"예전엔 착한 아이였다고?"

"응. 뭐든 도와주고 친구들 부탁도 잘 들어주는 애였거든. 그

런데 언제부터인지 변해 버렸어."

샤샤가 툴툴 마녀 어깨 위로 올라가 소곤거렸어.

"거봐요. 분명 무슨 이유 때문에 응이가 변한 거라고요."

"일단 아이들이 체험 학습을 할 수 있도록 하자."

툴툴 마녀가 빠른 걸음으로 응이에게 다가갔어.

"어? 툴툴 마녀가 여긴 어떻게 왔어?"

응이는 반갑다는 듯 손바닥에 있는 애벌레를 자랑스럽게 보였어.

"다른 애들은 바보야. 이렇게 귀여운 애벌레를 무섭다지 뭐야?"

툴툴 마녀가 응이 눈앞에서 손가락을 몇 번 휘저었어.

"이게 정말 애벌레로 보여?"

"당연하지!"

응이는 손바닥에 있던 애벌레를 다시 보았어. 그 순간 "으악!" 소리를 지르며 애벌레를 바닥에 내동댕이쳤지.

뱀이 혀를 날름거리며 응이의 목이라도 감을 듯이 머리를 쭈뼛 세우고 있었거든. 응이 눈에는 애벌레가 아니라 뱀으로 보였던 거야. 응이는 너무 놀라서 오줌까지 나왔어. 이젠 반대로 응이가 아이들 놀림을 받게 생긴 거지.

응이가 비닐하우스 밖으로 도망치듯 나왔어.

"선생님, 화장실 좀 갔다 올게요!"

툴툴 마녀도 응이를 따라 밖으로 나갔어.

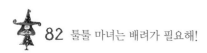

야외 공동생활에서의 배려

샤샤의 배려 노트

소풍이나 체험 학습은 늘 신 나. 학교 교실이 아니라
밖으로 나가기 때문일 거야. 학교처럼 규칙이나 예의를
많이 따지지 않아도 되니까 더 자유로운 기분이고.
하지만 야외 활동도 공동생활의 일부야. 수업 시간에
방해가 되니까 떠들면 안 되는 것처럼 야외 활동에서도
공동의 규칙을 지켜야 해.
놀이동산으로 소풍을 갔는데, 놀이기구를 타고 싶다고
말도 없이 사라지면 선생님이나 친구들에게 걱정을 끼치게
되지. 또 응이처럼 체험 학습의 주제에 관심이 없다고
다른 친구들을 방해해서도 안 돼. 관심 있는 친구들이
충분히 보고 공부할 수 있도록 방해하지 않는 것이 배려지.
나에게 흥미로운 것이 아니라고 쓸모없거나 의미 없다고
생각하는 건 이기적인 행동이야. 학교 밖에서의
공동생활에서는 내가 하기 싫어도 다른 친구들을 존중하며
인정해야 하는 거란다.

소풍이나 체험 학습 등 야외에서 공동생활을 할 때 내 맘대로 했던 기억을 떠올려 적어 보자.

툴툴 마녀	크리스마스 파티에서 보물찾기를 한 적이 있었어. 검은 마녀가 숨겨 둔 보물을 찾아내는 게 싫었지. 마왕님 조수 왕거미가 보물 숨기는 걸 몰래 따라갔어. 그러고는 보물을 왕창 가지고 와 버렸지. 파티가 어떻게 되었냐고? 마녀 세계에서 제일 재미없는 파티가 되어 버렸어.
나	

나는 공동생활을 얼마나 잘 하고 있을까?
아래 보기에서 해당하는 것에 ○로 표시해 보자!

1. 야외 학습에서 배울 게 무엇인지는 전혀 관심이 없다.
2. 밖에 나가면 선생님이나 친구들 몰래 어디든 가고 싶다.
3. 친구들에게 장난을 치고 싶어 몸이 들썩거린다.
4. 어딜 가든 항상 늦게 따라간다.
5. 설명을 못 알아듣는 아이에게 짜증이 난다.
6. 군것질이 하고 싶을 때 몰래라도 먹는다.
7. 내가 가 본 곳에 갔을 때 그곳에 대해 가르쳐 주기보다는 잘난 척을 하고 싶다.
8. 야외 학습의 목적이 공부를 하는 것보다는 놀러 가는 것이라고 생각한다.
9. 힘들면 많이 투덜대는 편이다.
10. 버스나 체험 학습장의 좋은 자리는 친구에게 양보할 수 없다.

○가 없을수록 공동생활을 잘 해 나가고 있는 거예요.

12. 응이는 왜 슈퍼 배드가 되었나?

"분명히 애벌레였는데! 근데 그게 갑자기 뱀으로⋯⋯."

응이가 울먹였어.

"그러니까 왜 딸기밭에서 애들한테 괜한 장난을 치냐고?"

툴툴 마녀가 꾸짖었어.

"네가 마법을 쓴 거지? 날 애들에게 망신 주려고! 성공했네. 내가 오줌 쌌다고 애들이 날 놀릴 테니까!"

응이가 소리를 버럭버럭 지르며 엉엉 울었어.

툴툴 마녀가 조심스럽게 물었어.

"너 말이야, 예전엔 아주 착한 애였다며?"

"난 착한 애가 아니야! 착한 애 하기 싫다고!"

생각지도 못한 응이 반응에 툴툴 마녀는 어쩔 줄을 몰랐어. 샤

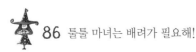

샤가 응이 볼을 가만히 핥아주었어.

"아니, 난 그냥 어떤 애가 그런 말을 하길래……."

"너도 내가 친구가 없다고 무시하는 거지? 이제 나랑 같이 있기도 싫은 거지?"

"그런 거 아니라고. 나는 아무나 무시하는 그런 마녀가 아니라니까."

툴툴 마녀는 응이가 말하고 싶어질 때까지 기다렸어.

잠시 후 응이가 울음을 멈추었어.

"학교에 처음 들어갔을 때부터 난 친구가 별로 없었어."

응이가 말하기 시작했어.

"그래서 무조건 아이들에게 잘 해 줘야겠다고 생각했어. 무슨 말이든 들어주고, 칭찬만 했어."

"그래? 그런 적이 정말로 있었어?"

툴툴 마녀가 못 믿겠다는 표정을 지었어.

"에고, 왜 이래요, 툴툴 마녀님? 정말 상황 파악을 못하셔."

샤샤가 슬그머니 툴툴 마녀 입을 막았어.

"준비물을 안 가지고 온 아이에게 내 물건을 다 빌려 주고 오히려 내가 선생님께 혼이 난 적도 있었어."

"흠……."

응이의 눈빛이 진지했어.

"그래도 다 소용없었어. 처음엔 나를 좋아하는 것처럼 굴더니

나중엔 날 바보라고 했어. 일부러 자기 걸 쓰지 않고 내 연필이
나 지우개를 갖고 가는 애들도 있었다고."

"못됐다!"

샤샤가 맞장구를 쳤어.

응이 생각

난 친구들에게 관심 받고 싶었어. 그래서 무슨 부탁이든 들어주고,
내 물건도 빌려주고 했던 거야. 처음에 아이들은 고마워하다가
나중에는 내 것을 자기 것처럼 쓰는 걸 당연하게 생각했어.
필요할 때만 아이들은 나에게 친한 척을 했다고. 착하다고?
난 착한 아이는 다신 안 해. 더 더 더 나쁜 아이가 될 거야!

툴툴 마녀 생각

응이가 그런 아픔이 있다는 걸 정말 몰랐어. 샤샤가 아니었다면
응이가 왜 슈퍼 배드가 되었는지 몰랐을 거야.
도와주고 빌려주는 것을 고맙다고 생각하지 않고 당연하다고
생각하다니! 그런 애들과 오히려 친구를 안 하는 게 좋은 거 아닌가?

"난 더 이상 착한 애가 되지 않기로 결심했어. 내가 부탁도 들
어주지 않고 준비물을 빌려주지도 않으니까 애들은 나를 본 척
도 안 했어."

"그래서 내기를 시작한 거야?"

툴툴 마녀가 물었어.

"내가 내기를 아주 잘한다고 뻥을 쳤지. 그랬더니 다들 나한테

관심을 보이더라고."

응이 눈빛이 반짝거렸어.

"그래서 내기에서 이겼어?"

"무슨 애들이 내기를 그렇게 잘 하
는 거야? 그래서 이길 때까지 하려고
마음먹었어!"

"에고, 그런 거였구나."

응이가 다시 슬픈 표정을 지었어.

"그런데 문제가 좀 생겼어. 내기에서 자꾸 지니까
애들이 상대를 안 하려고 해. 그러니까 더 미워지는 거야."

응이 말을 듣고 보니 응이가 말도 안 되는 내기를 하고, 아이들
에게 장난을 쳤던 이유가 무엇 때문이었는지 알 수 있었어.

"만두를 이기면 애들이 날 다시 볼 거야!"

"그렇지만 만두가 내기에서 이기면 만두 아빠 비밀을 말할 거
잖아."

"난 만두를 이길 거라고. 두고 봐. 자신 있으니까."

뭐라 말을 해도 응이 귀에는 들리지 않을 것 같았어. 일단 응이
마음을 안 것만으로도 충분했지.

"좋아. 기대할게. 그리고 특별히 네 바지를 원래대로 해 줄게."

툴툴 마녀는 바지를 가리키며 주문을 외웠어. 젖었던 바지가
뽀송뽀송 말라 가고 있었지.

관심 받고 싶은 마음

어디서나 누구에게나 관심을 받는다면 기분이 좋을 거야.
여러 사람들과 어울려 사는 우리는 다른 사람들이 나에게
관심을 갖거나 인기가 많으면 자신감도 생기게 돼.
그런데 관심을 받고 싶다고 해서 다른 사람들이 싫어하는
행동을 하거나 이기적으로 대하면 어떨까?
오히려 다른 사람이 싫어하는 상대가 될 수도 있어.
또 착한 행동이 나쁜 것은 아니지만, 도움이 필요 없는데도
굳이 도와준다거나, 준비물을 모두 나누어 주는 건
바람직하지 않은 일일 거야.
거짓말은 어떻고? 관심을 받고 싶어서 한 선의의
거짓말이라도 언젠가 들통이 나면 오히려 상황이
더 나빠질 거야.
관심을 받고 싶다면 나 스스로가 바뀌어야
한다는 걸 기억했으면 좋겠어.

나는 관심을 받고 싶거나 친구를 배려한다고 선의의 거짓말을 한 적이 있었을까? 선의의 거짓말에 대한 내 생각을 말해 보자.

샤샤	툴툴 마녀를 도와주려고 검은 마녀와 거래를 한 적이 있었어. 툴툴 마녀에게는 전혀 모르는 척을 했지. 툴툴 마녀와 눈이 마주칠 때마다 얼마나 뜨끔하던지! 들통이 날까 조마조마해서 제일 좋아하는 생선도 못 먹은 적이 있었어. 솔직한 게 좋은 건지 선의의 거짓말이 좋은 건지 아직도 모르겠어.
나	

13. 내기 3종 세트

샤샤가 툴툴 마녀에게 말했어.

"툴툴 마녀님, 이번엔 우리가 응이를 도와주고 가요."

응이 행동에 대해서 줄곧 남의 일이라고 생각했던 툴툴 마녀가 생각에 잠겼어.

"매사 툴툴 마녀님과 부딪히는 검은 마녀를 떠올려 보세요."

그랬어. 검은 마녀는 툴툴 마녀와 늘 라이벌 사이였지만 툴툴 마녀의 자존심을 지켜 주려고 샤샤와 한 약속을 절대 말하지 않았어. 그리고 자신의 소중한 노트까지 보여 줬잖아?

검은 마녀가 응이처럼 자기가 하고 싶은 대로 했더라면 어땠을까? 툴툴 마녀는 자신감을 찾지 못했을지도 몰라. 그러면 어린 마녀들을 제대로 가르치지도 못했을 거야.

사실 툴툴 마녀도 응이를 보면서 그동안 자기가 어린 마녀들에게 했던 이기적인 행동들이 떠오르긴 했어. 그래도 응이만큼은 아니라고 속으로 생각하곤 했지.

"마법을 써서 내기에서 이기게 할 수는 없어."

툴툴 마녀가 말했어.

"일단 더 두고 보자."

툴툴 마녀 말에 샤샤는 긴 꼬리가 축 처지는 느낌이었어.

응이는 학교를 마치고 집으로 돌아왔어. 어제 현장 학습을 다녀온 이후 응이는 내기에 대한 마음이 더 불타고 있었지. 가방을 내팽개치고 제일 먼저 포동이에게 목줄을 채웠어.

"목줄은 왜 채워?"

툴툴 마녀가 물었어.

"왕만두와 내기를 하는데 포동이가 필요해서 말이야."

"너 정말 아저씨 비밀을 말할 거야?"

"어제도 말했잖아! 이번 내기에선 내가 꼭 이긴다고. 왕만두 코를 납작하게 눌러 줄 거야."

응이는 한 발도 물러설 생각이 없어 보였어. 제발 응이가 만두에게 이기길 바라면서 툴툴 마녀와 샤샤도 응이를 따라나섰어.

놀이터에서 만두가 기다리고 있었어.

"너 용돈 있지? 천 원만 줘 봐. 나도 여기 천 원 내놓을게."

응이가 만두에게 다짜고짜 말했어.

"내기하는 데 천 원은 왜 필요해?"

"일단 내놓고 따라오면 알 거 아냐?"

응이가 간 곳은 왕만두 전문점이었어.

"이 왕만두를 빨리 먹어 치우는 사람이 이기는 거야."

응이는 이천 원을 내고 왕만두 두 개를 샀어.

"야! 내가 왕만두 싫어하는 거 너도 알잖아! 이건 반칙이야."

응이는 정말로 만두가 왕만두를 싫어한다는 걸 미리 알고 있었어. 언젠가 만두가 아이들에게 하는 얘길 들었거든. 교실에 있는 아이들 모두가 들을 만큼 큰 소리로 말한 적이 있었지. 어떻게 보면 놀림을 당할 수도 있는 얘기였지만 만두는 오히려 농담까지 던지며 말했어.

"왕만두가 진짜 왕만두를 싫어하는 게 너무 웃기지 않냐?"

만두가 먼저 큰 소리로 웃자 옆 자리에 있던 아이들도 모두 웃어넘겼어. 물론 만두에게 놀리거나 하는 아이들도 없었지.

그런데 응이는 만두의 약점을 어떻게든 이용하고 싶었던 거야. 만두를 이길 수만 있다면 뭐라도 상관없었지.

"내기는 내가 정해. 싫으면 말고."

 응이 생각

무조건 이기기만 하면 돼. 지금까지 만두와의 내기에서 한번도 이긴 적이 없다고. 이게 어떤 기회인데. 상대의 약점을 잡았을 때는 그걸 이용해야 해. 절대 나는 양보할 생각이 없어!

 만두 생각

한 번도 날 이긴 적이 없는 응이를 너무 얕보았어. 아빠 비밀을 알고 있다고 이런 치사한 내기를 하다니. 나를 아는 애들이라면 내가 왕만두를 아주 싫어한다는 것쯤은 다 알고 있을 텐데. 응이 저 녀석도!

왕만두 빨리 먹기 내기는 응이가 이겼어. 당연한 결과지만 사실 찐빵 같이 생긴 응이가 제일 좋아하는 음식이 왕만두였어.

"네가 아쉬울까 봐 내기 3종 세트를 준비했지. 두 번째 내기는 말이야……."

응이는 만두가 먹다 만 왕만두를 우걱우걱 씹으며 말했어.

"트림을 두 번 먼저 하는 사람이 이기는 거야."

내기 제안을 끝내자마자 응이가 '꺼억' 하고 트림을 했어.

"말도 안 돼! 넌 내 것까지 만두를 두 개나 먹었어. 트림이 나오는 게 당연한 거 아냐?"

만두가 불평을 했어.

"대신 네가 한 번이라도 이기면 비밀을 말해 줄게."

응이는 큰 인심이나 쓰는 것처럼 말했어. 그러면서 '꺽' 하고 두 번째 트림을 마저 했지. 그러고는 세 번째 내기를 제안했어.

"마지막 내기는 말이야, 포동이를 저만치 두고 불러서 포동이가 오는 쪽이 내기에서 이기는 거야."

응이는 툴툴 마녀에게 포동이를 데리고 50미터쯤 앞으로 가라고 했어.

"저 개는 네 개잖아. 그럼 당연히 너한테로 가겠지. 게다가 난 개를 좋아하지 않아!"

툴툴 마녀와 샤샤도 응이가 제안한 내기들이 말도 안 된다고 생각했어. 하지만 포동이가 응이에게 갈 거라 생각했기 때문에 개를 싫어하는 만두에게도 괜찮고, 비밀도 지켜질 거라 생각했어.

'시작' 소리와 함께 툴툴 마녀가 잡고 있던 포동이 목줄을 놓았어. 포동이가 '월월' 짖더니 달려가기 시작했어.

나를 이기는 것이 경쟁에서 이기는 것

늘 일등은 다른 애한테 뺏긴다고? 반장을 하고 싶은데
내가 싫어하는 녀석이 항상 반장을 한다고?
내기에서 이기고 싶은데 늘 지기만 한다고?
그럼 이기는 아이들은 어떻게 해서 이겼는지 생각해
본 적 있니? 그 아이들은 그냥 이긴 것이 아니야.
남보다 몇 배는 열심히 공부했거나, 아이들에게 인정을
받았거나, 더 많이 생각했거나 하는 이유가 있어.
남을 이기려고 하기 전에 자기 자신부터 이겨 보는 건
어떨까? 난 툴툴 마녀와 경쟁하려고 하지 않아.
툴툴 마녀가 잘하는 건 인정하고, 내가 잘할 수 있는 건
더 잘하도록 노력하지. 그러면 나도 만족하고
툴툴 마녀도 나를 존중해 주지.
응이처럼 자기가 유리한 조건에서 경쟁을 하고
그 경쟁에서 이긴다면 그걸 정말 이겼다고 할 수 있을까?
이기고 마음이 뿌듯해질 수 있을까?

나 자신과의
경쟁에서 이기는
게 중요해!

승리!

다른 사람은 없는, 나만 가지고 있는 게 뭐가 있을까? 그것을 그림이나 글로 적어 보고, 나만의 경쟁력으로 만들어 보자.

왕만두	나는 입이 아주 무거워. 그래서 친구들 잘못이나 나쁜 점을 알거나 보더라도 말하지 않아. 그런 점 때문에 아이들이 나를 믿고 좋아하게 되었어.
샤샤	나는 어려운 처지에 있는 마녀들을 도와주는 걸 좋아해. 되도록 자존심 상하지 않도록 배려하면서 말이야. 그런 점이 마왕 눈에 들어 마법 세계에서 살 수 있게 되었지.
나	

친구의 단점을 배려하는 방법

1. 나와 남은 다르다는 걸 인정한다.
2. 친구가 못하는 것을 같이 하자고 하지 않는다.
3. 친구의 단점을 가지고 웃기는 말을 하거나
   놀리지 않는다.
4. 자기가 친구보다 가진 게 많다고 자랑하지 않는다.
5. 누구나 단점을 가지고 있다는 걸 기억한다.

14. 마법에 걸린 응이

포동이가 달려간 곳은 뜻밖에도 만두 앞이었어. 툴툴 마녀와 샤샤는 "안 돼!"라고 소리를 질렀고, 응이는 어이없이 포동이를 쳐다봤어. 당황스럽기는 만두도 마찬가지였지. 하지만 금세 정신을 차리고 자기에게 뛰어온 포동이를 살금살금 쓰다듬었어.

"포동이, 너 나한테 왜 이러는 거야?"

응이는 포동이에게 고래고래 소리를 질렀어. 지금까지 포동이한테 해 준 것을 하나하나 열거하면서 따지듯이 말했지. 포동이는 알아들었는지 못 알아들었는지 만두 손길을 느끼며 모른 척을 했어.

"마지막 내기는 내가 이겼으니까 우리 아빠에 대한 비밀이 뭔지 말해 봐."

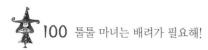

만두가 말했어.

응이는 이번이야말로 완전히 만두를 이겨 코를 납작하게 해 줄 생각이었어. 그 계획이 날아가 버렸으니 제정신이 아니었지. 그래서 이왕 이렇게 된 거 아저씨 얘기를 해서 만두에게 창피를 주면 더 통쾌할 것 같았어.

"그래, 차라리 잘됐네. 너희 아빠가 말이야!"

상황이 예상치 못하게 돌아가는 것을 보고 있던 툴툴 마녀가 인상을 찌푸렸어.

'이건 아니야.'

툴툴 마녀가 응이에게 다가갔어.

"너 나랑 얘기 좀 하자."

"나 지금 내기에 져서 기분이 아주 별로거든? 날 건드리지 마."

"너 정말 이럴 거야? 이번엔 정말 치사했다고."

너 이리로
좀 와 봐~!

"치사한 게 누군데? 모든 게 저 똥개 때문이라고!"

응이가 분해서 씩씩댔어.

"계속 이러면 나도 보고만 있지 않을 거야."

툴툴 마녀가 말했어.

"나한테 마법이라도 쓰려고? 킥킥, 그거 재밌겠네!"

응이 생각

난 아저씨에게 비밀을 지킬 거라고 약속한 적은 없어.
사실 내기에서 이겼더라면 절대 비밀을 지켰을 거라고.
내가 비밀을 지킬 수 없게 된 건 다 포동이 때문이야.
그 나쁜 녀석, 못된 녀석 때문이라고!

툴툴 마녀 생각

슈퍼 배드 응이가 얼만큼이나 나빠지는지 궁금했던 게 사실이야.
뭐 때론 재미도 있었어. 난 남의 일에 간섭을 하거나 관여하고
싶지는 않아. 하지만 응이는 만두나 만두 아빠에게
너무 배려가 없어. 더 이상 두고 볼 수만은 없겠어.

대수롭지 않게 생각하는 응이를 보고 툴툴 마녀가 결심을 했어.
일단 만두에게 말했어.

"비밀 따위가 정말 있는 줄 알았어? 응이가 널 이기려고 다 지어낸 거야."

그러면서 툴툴 마녀는 무작정 응이를 끌고 갔어. 응이가 버둥거렸지만 어쩐지 힘을 쓸 수가 없었지. 집 앞까지 질질 끌려온 응이가 고래고래 소리를 질렀어.

"놔, 왕만두에게 아직 할 얘기가 남았단 말이야!"

그때였어. 툴툴 마녀가 주문을 외우기 시작한 게. 순식간에 응이는 포동이가 되고 포동이는 응이가 되었지.

"어라! 저 똥개 모습이 왜 나랑 똑같은 거야?"

"허걱! 내가 응이가 된 거야?"

툴툴 마녀가 응이에게 말했어.

"넌 이제 포동이가 되었으니까 포동이가 왜 만두에게 갔는지도 알 수 있을 거야."

동네가 떠나가라 응이가 울부짖었어.

"당장 날 원래대로 해 놔!"

아무리 응이가 컹컹 소리를 질러도 툴툴 마녀는 눈 하나 깜짝 안 했어. 샤샤는 안쓰럽게 응이를 쳐다봤어.

"잘 했어요, 툴툴 마녀님."

툴툴 마녀가 말했어.

"애들이 너랑 안 어울리는 건 전부 네 탓이야."

"내 탓이라고? 난 아무것도 잘못한 게 없어."

"잘못한 게 없다고? 좀 솔직해져 봐. 일단 포동이가 되었으니 포동이에게 뭘 잘못했나부터 생각해 보고."

그때 응이 엄마가 집으로 돌아왔어.

"엄마, 다녀오셨어요?"

포동이가 엄마에게 인사를 했어.

"어머나, 우리 응이가 엄마에게 인사를 다 하네!"

그러면서 엄마는 포동이의 머리를 쓰다듬었어.

그동안 응이는 엄마가 밖에서 돌아오면 엄마 손에 뭐가 들렸나부터 확인했거든. 간식거리를 휙 낚아채고는 먹기부터 하는 게 평소 응이였으니 엄마가 놀랄 수밖에.

　엄마는 응이가 예쁘게 인사한 보답으로 응이가 제일 좋아하는 치킨을 시켜 줬어. 포동이와 툴툴 마녀는 치킨을 맛나게 먹고, 응이는 억울해서 컹컹 짖어댔지.

　"오늘따라 포동이가 왜 이렇게 짖을까? 포동! 조용히 해!"

　엄마는 포동이를 울타리 안에 가두었어.

　"엄마, 내가 진짜 응이예요!"

　응이가 너무 짖어대자 엄마가 다가와 말했어.

　"동네 시끄럽게 왜 이러니? 너 자꾸 짖으면 저녁밥은 없는 줄 알아!"

　그 말을 듣고서야 응이는 짖는 걸 뚝 멈추었어.

　치킨을 다 먹고 엄마가 말했어.

　"응아, 두부 좀 사다 주지 않겠니?"

　평소 응이 같으면 어림도 없는 부탁이었어.

　"그럼요!"

　엄마는 정말 감동받았는지 응이를 보고 환하게 웃음을 지었어.

나에게 솔직해지기

우리는 나 자신에 대해서 얼마나 알고 있을까?
아주 많이 알거나, 혹은 하나도 모를 수도 있겠지.
그러면 안 좋은 일이 생겼을 때 누구의 잘못이 더 크다고
생각할까? 내 잘못은 없고, 다 남의 잘못이라고
생각하는 사람이 많을 거야.
나에게 좀 더 솔직해져 보자.
응이는 아이들에게 내기를 하자고 먼저 제안하고
이기지는 못했어. 또 그 탓을 자신이 운이 나쁘거나
상대가 운이 좋아서라고 생각했지.
포동이에게도 마찬가지야. 애완견에게 어떻게 해야
하는지 알지 못한 채 자기 말을 듣지 않는다며 화내고
포동이를 혼냈어. 노력하지 않으면서 이기기를 바라고,
모두가 나를 좋아해 주기를 바라지 않았나 생각해 봐.
나에게 솔직해지지 않으면 다른 사람에게도 솔직해질 수
없어. 그러면 결국 사랑받지 못하는 사람이 되고 말 거야.

나에게 솔직해지는 방법
스스로에게 물어 보고 대답해 봐!
"안 좋은 일이 생기면
남의 탓만 하지 않았나?"
"노력하지 않고 이기기를
바라지 않았나?"

툴툴 마녀의 경우를 살펴보고, 나에게 솔직하지 못했을 때를 떠올려 적어 보자.

툴툴 마녀	나
수업에서 가르쳐 주겠다고 했던 마법을 잊은 적이 있었는데, 어린 마녀가 질문을 해서 기억이 났다. 그렇지만 원래 알고 있었다며 오히려 화를 냈다.	
내가 할 수 없는 마법을 검은 마녀가 했을 때, 나도 할 수 있다며, 단지 하기 싫어서 안 하는 것이라고 고집을 부린 적이 있다.	
마왕님이 얘기할 때 지루해서 샤샤와 소곤거리다가 혼이 난 적이 있었다. 샤샤가 옆에 없었더라면 소곤거리지 않았을 텐데, 샤샤 때문에 혼이 난 거라 생각했다.	

나는 얼마나 솔직한 사람일까?
아래 보기에서 해당하는 것에 ○로 표시해 보자!

1. 내 잘못을 솔직하게 인정하지 않는다.

2. 거짓말을 자주 한다.

3. 나보다 친구가 무언가를 잘하면 화가 난다.

4. 나 스스로를 칭찬해 준 적이 없다.

5. 무슨 일이건 최선을 다한 적이 없다.

6. 남에게 지면 자존심이 상하는 거라 생각한다.

7. 허풍을 떨거나 자랑하기를 좋아한다.

8. 남들이 갖고 있지 않은 것을 내가 갖고 있으면 자랑을 해야 직성이 풀린다.

9. 나의 단점을 숨긴다.

10. 잘못된 일이 있으면 남의 탓이라고 생각한다.

위 질문에 ○가
많을수록 행복하지 않은
친구가 많을 거야.
행복해지고 싶다면
스스로에게 솔직해져 봐.

15. 달라진 웅이

웅이는 하루 종일 목덜미를 긁어 댔어.

"뭐가 이렇게 간지러워?"

아무리 긁어도 좀처럼 나아지지 않았어. 얇은 피부에서 피까지 났지. 밥맛도 달아났어.

학교에서 돌아온 포동이가 집으로 들어오더니 웅이를 번쩍 들어 올렸어.

"어디로 데려가는 거야? 나를 내다 버리려고 그래?"

웅이가 소리를 질렀어. 툴툴 마녀가 웅이를 보며 도리도리 고개를 저었어. 포동이에게 안겨서 밖으로 나가니, 아빠 택시가 집 앞에 서 있었어.

"가요, 아빠."

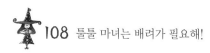

택시를 타고 도착한 곳은 뜻밖에도 동물병원이었어.

수의사 선생님이 응이를 보더니 심각한 얼굴로 말했어.

"이렇게 될 때까지 그냥 놔두시면 어떡해요. 얼마나 간지럽고 아팠을까!"

수의사 선생님은 몸 이곳저곳을 살피며 치료를 했어. 응이는 그제야 살 것 같았어. 그러면서 포동이에게 조금 미안한 생각이 들었지.

'그동안 긁는 걸 많이 봤지만 전혀 신경도 안 썼는데……. 포동이가 무지 괴로웠겠네.'

오는 길에도 택시 안에서 응이는 포동이 품에 안겨 있었어.

'나는 포동이를 이렇게 따뜻하게 안아 준 적이 없는데……. 만날 목덜미를 움켜쥐거나 꼬리를 잡아끌었지. 나는 재미있었지만 포동이는 정말 싫었을 거 같아…….'

이런 생각을 하며 응이는 포동이 품속으로 더 파고들었어.

그때 다른 차가 끼어드는 걸 막으려고 아빠가 급하게 차 속도를 높였어. 그 바람에 차 안에 있던 포동이와 응이 몸이 앞으로 쏠렸어. 포동이가 응이를 꼭 안지 않았더라면 앞좌석까지 튕겨 나갔을 거야.

"아빠! 다칠 뻔했잖아! 저 사람 급한 거 같은데 그냥 끼워 주면 안 돼?"

아빠가 갸우뚱하며 응이에게 말했어.

"네가 웬일이냐? 만날 잘했다고 해 놓고는. 사실 나도 이러긴 싫은데 끼워 주기 시작해서 차가 늦게 가면 승객들이 얼마나 불평을 하는지. 그게 이젠 습관처럼 돼 버렸네."

 응이 아빠 생각

저 차가 내 앞으로 끼어들면 난 그만큼 늦게 가는 거잖아.
그리고 차 한 대를 끼워 주면 다른 차들도 우루루 끼어들려고 하거든.
가뜩이나 길이 막혀서 승객도 불만이 많고 나도 스트레스를 많이
받는데 내 앞으로 가도록 양보할 수는 없지!

 응이 생각

나는 아빠가 택시 운전을 하시면서 스트레스를 이렇게 많이 받는
줄 몰랐어. 그것도 모르고 운전하는 게 무척 재밌을 거라고 생각했지.
그러고 보니 예전엔 양보도 많이 하고 교통법규도 잘 지키는
아빠였는데. 아빠가 돈을 버느라 정말 힘드셨구나.
아빠 마음도 모르고 정말 철없이 굴었어.

"정말 긴급한 상황인지도 모르잖아. 급한 사람은 끼워 주고, 건널목에 누가 지나가면 다 건널 때까지 기다려 줘야 아빠답지. 늘 동그라미처럼 긍정적으로 살라고 할아버지가 내 이름도 이응이라고 지어 줬잖아."

아빠는 오래전 응이가 태어날 때를 떠올렸어.

응이 말이 백번 맞았어. 그때는 지금보다 화도 덜 내고, 급하지도 않고, 다른 사람도 배려하는 사람이었던 것 같았어. 택시를

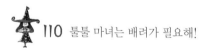

운전하면서 스트레스를 많이 받은 아빠는 언제부턴가 화도 잘 내고 이기적인 사람으로 변했던 거야.

"그래. 급해서 다른 차 앞으로 끼어들었을 때 누군가 양보해 주면 기분이 너무 좋거든. 그 생각을 못하고 살았네."

아빠는 며칠 사이에 웅이가 어른이 된 것 같았어.

"앞으로는 아빠가 웅이 말을 잘 들어야겠네."

택시 안 분위기가 따뜻해졌어.

포동이 품에서 이 모든 걸 듣고만 있던 웅이는 창피해서 포동이 품속으로 더 기어들어갔어.

집 앞 신호등에서 한 할머니가 건널목을 건너고 있었어. 신호가 빨간불로 바뀌었는데도 할머니는 한참을 더 가야 했어.

아빠는 참을성 있게 기다려 주었어. 할머니가 건널목을 무사히 건널 때까지 말이야. 창문을 열고 조심히 가시라고 인사도 했지. 할머니는 그런 아빠에게 연신 고개를 숙이며 인사를 했어. 아빠의 얼굴이 어느 때보다 밝아 보였어.

우리는 모두 다른 사람에게 대접받길 원해.

응이는 친구들이 자기를 위해 주었으면 하고 바라고,

응이 아빠는 가족이나 사회가 자신을 존중해 주길 바래.

툴툴 마녀 역시 어린 마녀들이 자기를 존경하길 바라고.

그런데 남에게 대접받기 위해서 나는 어떤 일을 했을까?

응이는 자기가 이길만한 내기만 제안하고,

응이 아빠는 다른 차들은 끼어들지 못하게 하면서

자신이 끼어들 때 비켜 주지 않으면 손가락질을 하고

욕을 했어. 툴툴 마녀는 어린 마녀들 능력은 생각도 안하고

못한다고 구박하고 핀잔을 주었어. 그러면서 모두들

자기를 존중해 주길 바라고 대접받으려고 했지.

다른 사람이 어떤 상황인지 이해하고, 이기심을 버리고,

먼저 다른 사람을 잘 대접했다면 어땠을까?

건널목에서 할머니를 기다려 준 응이 아빠를 보면

말 안 해도 알 수 있을 거야.

친구에게 내가 먼저 친절하게 대한 적이 있었을까?

1. 새로 전학 온 친구에게 쉬는 시간마다 말을 건 적이 있다.

2.

3.

4.

호감 있는 사람이 되는 방법

1. 언제나 웃는 얼굴로 지내기
2. 나에게 다가오는 사람에게 친절하게 대하기
3. 상대방의 말을 잘 들어주기
4. 들어줄 수 없는 부탁은 확실하게 싫다고 하기
5. 싫다고 말할 때 화내지 않기
6. 내 의견이나 주장이 맞다고 목소리 높이지 않기
7. 상대방이 틀리더라도 고개를 끄덕여 주기
8. 상대방이 틀린 걸 알고 창피해할 때
   괜찮다고 말해 주기
9. 내가 할 일을 잘 하기
10. 내가 상대방보다 나아도 으스대지 않기

16. 오해와 화해

날씨가 화창한 날이야.

"포동아, 학교 가서 잘 해야 돼. 네가 응이를 도와주면 응이도 많이 고마워할 거야."

"알았어. 이래 봬도 난 의리 있는 개라고!"

샤샤 말에 포동이가 어깨를 으쓱했어.

학교에 간 포동이는 친구들이 응이를 좋아하지 않는다는 걸 알 게 되었어.

만두 역시 비밀 사건 이후로 응이를 거들떠보지도 않았지.

포동이는 응이가 자기에게 화만 냈던 게, 다 친구들에게 관심을 못 받아서 그런 것 같았어.

'이렇게 둘 수는 없지.'

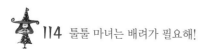

수업이 모두 끝나고 포동이가 만두를 불렀어.

"또 우리 아빠 비밀 얘기를 떠벌리고 싶어서 그래? 그런 거라면 나도 다 아는 사실이니까 네 맘대로 해!"

만두가 화를 내며 뒤돌아섰어.

사실 왕바둑 씨에게 잡혀갔을 때는 포동이도 아저씨가 납치범인 줄만 알았어. 하룻밤을 있으면서 아저씨가 주인 잃은 개들에게 원래 주인이나 새 주인을 찾아 주는 일을 하고 있다는 걸 알았지.

"미안해."

포동이 말에 만두가 멈칫했어.

"다 내 잘못이야. 아저씨가 너에게 절대 말하지 말라고 했는데. 난 내기에서 한 번이라도 너를 이기고 싶었거든."

"난 아빠의 비밀을 이미 알고 있었어. 하지만 아빠가 나에게 말하기 싫어한다는 걸 알았기 때문에 아는 척을 안 했던 거야. 내 이름이 왕만두라서 내가 만두를 싫어하는 것처럼 아빠도 나에게 숨기고 싶어 하는 이유가 있을 거라고 생각했어. 하지만 아빠가 나쁜 행동을 하지 않았다는 걸 믿어."

만두는 보기보다 훨씬 의젓했어. 반장이라 아이들이 잘 따르고 친구도 많다고 생각했는데, 다른 사람 입장에서 생각하는 만두를 보니 친구가 많은 게 당연했어.

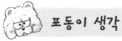 **포동이 생각**

사람은 겉으로만 봐서는 모르나 봐. 겉모습을 보고 저 사람은 어떤
사람일까 평가하는 건 너무 위험한 것 같아. 나를 납치했다고 생각한
왕바둑 아저씨가 사실은 집 잃은 개들에게 주인을 찾아 주는
사람이었고, 잘난 척을 할 것만 같았던 만두 역시 친구 입장에서
늘 생각했기에 많은 친구들이 있었던 거야. 그러고 보니 나는 응이를
미워하기만 했지 응이 입장에서 생각하지 못했던 것 같아.

 **만두 생각**

난 늘 상대방을 먼저 생각해. 입시 공부하는 누나를 생각해서
텔레비전 소리는 줄이고, 일하느라 피곤한 엄마를 생각해서
놀이공원에 가자고 한 적도 없어.
때로는 심심하고, 때로는 화도 나지만 그렇기 때문에
누나가 친절하게 수학 문제도 풀어 주고, 엄마가 학원도
여러 군데 보내 줄 수 있다는 걸 알고 있거든.

포동이는 잠시 생각하곤 툴툴 마녀에게 도움을 받기로 했어.

마침 학교 담벼락 근처 나무 위에서 샤샤랑 놀고 있는 툴툴 마
녀가 포동이를 불렀어.

"지금 끝난 거야?"

포동이가 고개를 끄덕거리며 말했어.

"학교 친구들과 응이를 화해시켜 주고 싶어."

포동이 말에 툴툴 마녀가 물었어.

"아이들이 화해를 하려고 할까?"

“그래서 툴툴 마녀의 도움이 필요해.”

툴툴 마녀가 생각에 잠겼어. 그러자 포동이가 자기 생각을 말하기 시작했지.

“처음 응이와 만났을 때 툴툴 마녀가 내기에서 이겼잖아? 그래서 보름 동안 이긴 사람이 원하는 걸 해 주기로 했고. 그러니까 응이에게 툴툴 마녀가 시키는 대로 하라고 해 보는 거야.”

툴툴 마녀는 처음 응이와 만났던 날이 떠올랐어.

“응이가 다른 친구들을 이해하고 배려할 수 있을까? 이응이라는 이름처럼 둥글둥글하게 친구들을 대하다 보면 응이도 친구들과 화해할 수 있을 텐데.”

집으로 돌아온 셋은 응이가 있는 개 울타리로 갔어.

“아휴, 종일 울타리 안에 갇혀 있었더니, 답답해 죽겠어!”

“종일은 무슨. 반나절밖에 안 됐거든? 난 며칠 동안 그 좁은 울타리 안에 갇혀 있었던 적도 있었어.”

응이의 엄살에 포동이가 대꾸했어.

“그래. 미안하다, 미안해. 제발 나를 원래대로 바꿔 줘!”

“너 나랑 내기한 거 기억하지. 내가 시키는 대로 한다면 바꿔 줄 수도 있는데…….”

툴툴 마녀가 미리 계획한 대로 제안을 했어.

“할게! 한다고!”

응이 목소리가 아주 간절하게 들렸지.

배려는 사소한 행동부터 시작해

내가 넓게 앉고 싶다고 책상을 앞으로 밀면 앞자리는
그만큼 좁아져. 나는 좁은 공간에 있기 싫은데 앞자리에
앉은 친구는 좁은 자리에 앉고 싶어 할까?
내가 청소하기가 싫다면 다른 친구도 하기 싫을 거야.
불편하다고 영화관에서 앞좌석을 발로 차는 건 어떻고.
내가 불편한 건 다른 사람도 똑같이 불편하다고
생각하면 딱 맞아. 친구를 사귀는 일이 어려운 시험지
푸는 것과 똑같다고?
걱정 마. 내가 싫은 건 친구도 싫어한다는 생각을 하면서
친구의 입장에서 생각하면 풀리지 않는 문제는 없을 거야.

카멜레온은 자신을 보호하기 위해서 보호색을 쓰지. 나뭇잎에 있을 때는 몸이 초록색이었다가 가지에 있을 때는 갈색으로 변해.

다른 친구들 앞에서 창피 당하고 싶지 않아서, 내가 잘하지 못하는 걸 들키고 싶지 않아서, 나 스스로를 보호하기 위해 보호색을 쓴 적이 있었는지 떠올려 보자.

툴툴 마녀	도움을 받고 싶은 적이 있었지만 오히려 큰 소리로 괜찮다며 화낸 적이 있어.
샤샤	비밀을 드러내지 않으려고 일부러 바보스럽게 군 적이 있어.
응이	아이들이 따돌리는 것 같아서 더 이기적으로 못되게 군 적이 있어.
나	

17. 돌아온 웅이

펑, 펑, 풍선 터지는 소리가 두 번 나더니 웅이와 포동이가 원래대로 돌아왔어. 사람이 되자마자 웅이가 한 행동은 울타리를 넘어 밖으로 나오는 것이었어.

"네가 앞으로 해야 할 것 몇 개만 미리 말할게. 앞으로는 포동이를 절대 울타리 안에만 가둬 두지 않는다고 약속해."

툴툴 마녀가 말했어.

"알았어."

"하루에 한 번 산책도 함께 가고, 만두한테 진심으로 사과도 하는 거야."

웅이는 순순히 고개를 끄덕였어.

다음 날, 웅이는 툴툴 마녀와 함께 학교에 갔어. 선생님이 뭐라

하시지 않았냐고? 잊었어? 툴툴 마녀가 마법사라는 걸. 개미로 변신해서 응이 호주머니 속으로 쏙 들어갔지.

학교 가는 길에 툴툴 마녀는 만두 아빠 얘기를 다시 했어. 사실 응이도 만두 아빠가 개 납치범이 아니라는 걸 알고 있었지만 만두와 내기를 하기 위해서 인정하지 않았던 거야.

응이는 제일 먼저 만두에게 사과해야 했어. 만두 아빠의 비밀을 아이들에게 말하겠다고 떠벌린 점, 말도 안 되는 내기로 이기려고 한 점 등 말이야.

응이는 용기를 내서 만두에게 다가갔어. 다시 개가 되고 싶지는 않았거든.

"왕만두, 저번엔 내가 미⋯⋯."

응이가 꾸물거리자 응이 귀까지 기어올라간 툴툴 마녀가 귓불을 깨물며 말했어.

"제대로 하지 않으면 알지?"

이번엔 응이가 제대로 말했어.

"왕만두 미안해. 너희 아빠 비밀을 아이들한테 말하겠다고 한 거. 그리고 네 약점을 이용해서 내기를 한 거. 내 생각이 짧았어."

응이 생각

내가 친구들에게 좀 심했다는 거 나도 알아. 그 애들이 나랑 놀지 않으니까 속상한 마음에 자꾸 장난을 하게 된 거야.
그런데 이 기분은 뭐지? 내가 먼저 사과를 하니까 만두의 표정도 좋아지는 것 같았어. 다른 아이들에게도 손을 내밀어 볼까?

툴툴 마녀 생각

응이에게 요구한 것은 사실 포동이 부탁이었지, 내가 원하는 것은 아니었어. 그런데 말을 하면서 내 마음이 찔리는 이유는 뭘까?
어린 마녀들에게 내가 했던 행동들이 마구 떠올라. 나는 응이에게 그런 요구를 할 자격이 있는 걸까?

두 번의 사과에 만두는 표정을 어떻게 지어야 할지 몰랐어.

그러다 이내 만두는 손을 내밀었어.

"좋아. 사과 받아들일게."

응이는 만두가 사과를 쉽게 받아들이지 않을 거라 생각했어. 그래서 사과하는 게 아주 어려웠어. 이렇게 쉬운 줄 알았다면 진작 만두에게 손을 내밀었을 거야.

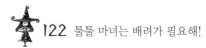

툴툴 마녀가 귓속말을 했어.

"다음은 다른 아이들 차례야. 만두와는 쉽게 화해했지만 다른 아이들에게는 좀 더 노력해야 해."

그러면서 아이들의 습관을 잘 살펴보라고 했어.

응이는 한 번도 다른 아이들에 대해 깊이 생각해 본 적이 없어. 뭘 좋아하는지, 뭘 싫어하는지, 성격은 어떤지, 무슨 행동을 자주 하는지 하나도 관심이 없었지.

그날부터 쉬는 시간마다 응이는 아이들 하나하나를 살펴봤어.

짝꿍 초롱이는 만날 준비물을 깜박 잊고 와서 선생님에게 꾸중을 듣고, 만두 뒷자리에 앉은 안경이는 책 읽는 걸 좋아했어. 맨 앞에 앉은 보름이는 빵을 좋아하고, 앞에 앉은 딱지는 코를 자주 후볐지.

응이는 아이들이 새로워 보였어. 웃긴 아이도 있고, 진지한 아이도 있고, 장난을 좋아하는 아이, 혼자 있는 걸 좋아하는 아이도 있었거든.

그러면서 응이는 생각하게 되었어. 초롱이와 가끔은 준비물을 나누어 써야겠다는 걸. 안경이가 책 읽을 때는 내기하자는 말을 하지 말고, 보름이를 보름달이란 별명으로 부르지 말아야겠다는 걸. 그리고 코를 파는 버릇이 있는 딱지를 놀라게 해서 코피가 나지 않도록 해야겠다는 것도.

제일 크게 깨달은 건 아이들이 원하지 않는 내기는 하지 않기로 했다는 거야. 모두가 공평한 내기. 그래야 응이도 즐겁고 아이들도 즐겁다는 걸 알게 되었어.

　다음 날도 다다음 날도 응이는 이런 생각을 조금씩 실천하기 시작했어. 아이들은 슈퍼 배드 응이가 달라졌다는 걸 느끼기 시작했지. 어느덧 아이들과 응이는 친구라는 이름으로 웃고 떠들었어.

　"참 신기해. 아이들이 나에게 관심이 없다고 생각했는데. 짓궂은 행동이 아니더라도 아이들은 날 좋아해 줄 수 있었던 거였어!"

　심통으로 가득 찼던 썩은 호빵 같은 응이의 얼굴은 사라지고, 모락모락 단내 나는 호빵 얼굴로 바뀌어 가고 있었지.

　응이는 자기를 바꾸어 준 툴툴 마녀에게 말했어.

　"이젠 아빠랑 엄마의 습관을 살펴봐야겠어."

　툴툴 마녀는 엄지손가락을 치켜세웠어.

샤샤의 배려 노트

상대가 원하는 것을 베풀기

스스로 자신이 답답하다고 느낀 적이 있을 거야.

친구들이나 가족과의 관계가 좋지 않다고 생각한 적도

있겠지. 하지만 나를 바꾸고 내가 처한 나쁜 상황을

바꾸는 건 엄청난 일이 아니야.

평소 아주 사소해서 무시하고 지나갔거나,

관심조차 없었던 일들을 조금씩만 돌아본다면

나쁜 일이 방향을 틀어 좋은 일로 가는 계기가 되기도 해.

그건 바로 친구나 가족이, 그리고 다른 사람이

원하는 것을 베푸는 일이야.

사람들은 언제나 사소한 일에 감동을 받거든.

평소 다른 사람들의 습관을 잘 살펴봐.

그 사람이 무엇을 원하는지 발견할 수 있을 테니까.

상대가 무엇을
원하는지 곰곰이
생각해 보자!

내가 원하는 것과 남이 원하는 것이 항상 같을 수는 없어.
툴툴 마녀와 샤샤가 원하는 게 다르다면 툴툴 마녀는 어떻게 할까?

툴툴 마녀가 원하는 것	샤샤가 원하는 것
재미난 일을 하고 싶어! 어떤 일이 재미있을까?	무엇인가 배울 수 있는 일을 하고 싶어!

툴툴 마녀의 선택

오늘은 재밌는 걸 하자. 그리고 내일은 샤샤 생각대로
백발 마녀를 찾아가서 조수 노릇을 해 보자.
그럼 뭔가 멋진 걸 배울 수 있을 거야.

툴툴 마녀,
용의 발톱 하나만
가져오겠니?

네~
마녀님!

나라면 어떻게 할까?

내가 원하는 것	친구가 원하는 것

나의 선택

18. 마왕이 준 카드

응이는 포동이와 매일 산책을 했고 자주 놀아 주었어. 전처럼 거칠게 안지도 않았고 털 손질도 해 주었지. 반 친구들과도 점점 사이가 좋아졌어.

응이가 변해가는 걸 본 툴툴 마녀가 생각에 잠겼어.

'슈퍼 배드 응이가 슈퍼 긍정이 될 날도 얼마 남지 않은 것 같아. 그런데 내 마음은 왜 이렇게 찜찜하지?'

응이를 변하게 한 건 사실 툴툴 마녀가 아니었어. 샤샤가 아니었다면 툴툴 마녀는 응이를 보고만 있었을 거야.

포동이가 가출할 때부터 툴툴 마녀는 자기와는 상관없는 일이라고 생각했어. 샤샤가 포동이 마음을 알고 감싸 주지 않았더라면 지금과 같은 결과가 있었을까?

포동이를 찾지 않았다면 만두나 반 아이들과 화해하지도 못했을 거야.

무언가 씁쓸했던 툴툴 마녀는 갑자기 마왕이 준 노란색 카드가 생각났어. 주머니를 아무리 뒤져도 카드는 보이지 않았지.

"샤샤, 마왕님이 준 카드 못 봤어?"

툴툴 마녀는 얼굴이 하얘져서 샤샤에게 물었어.

"마법 세계에서 출발할 때 툴툴 마녀님이 떨어뜨린 걸 제가 주웠어요."

툴툴 마녀는 안심하며 크게 한숨을 내쉬었어. 그리고 샤샤에게 카드를 받아 펼쳐 보았어. 카드에는 이렇게 적혀 있었어.

남을 얼마나 (   )하느냐에 따라

자신의 가치와 존경심도 높아진다.

마왕은 빈 곳에 들어갈 말이 무엇인지 알아오라고 했었지.

샤샤가 툴툴 마녀를 쳐다보았어. 알 것 같냐는 눈빛이었지.

툴툴 마녀가 고개를 끄덕였어.

"빈 곳에 들어갈 말은 바로 '배려'야. 마왕님은 내가 어린 마녀들을 두루 살피지 못한 걸 알고 계셨던 거야."

툴툴 마녀 생각

나는 어린 마녀를 가르치는 게 내가 대단해서라고 생각했어.
마법 수업을 내 방식대로 수준 높게 가르치면 어린 마녀들이
나를 더 우러러볼 것이라 생각했어. 어린 마녀들은 무조건
대단한 나를 따르고 존경해야 한다고 말이야.
응이를 보면서, 다른 사람의 입장에서 생각해 보지 않는다면
나만 생각하는 이기적인 사람이 된다는 걸 깨달았어.
사실 응이가 나쁘다고만 생각했지 제대로 그 애를 보려고는
안 했잖아. 나야말로 배려심이 부족했던 게 아닐까?

툴툴 마녀가 빈칸에 '배려'라는 말을 완성시킨 순간, 놀랍게도
카드가 금빛으로 빛났어.

"이제야 툴툴 마녀님이 응이에게 온 이유를 알겠네요."

샤샤가 웃으며 답했어.

"나는 정말 재미난 휴가를 보내고 싶었어. 특별하기도 하고 새
롭기도 하고. 사실 응이처럼 못된 애와 같이 지내기로 했던 건
순전히 호기심 때문이었어."

툴툴 마녀가 말했어.

"그 호기심이 툴툴 마녀님과 응이를 바꾸어 놓았잖아요."

샤샤가 꼬리로 툴툴 마녀를 톡톡 건드렸어.

"어려운 일을 많이 겪으면서 도움도 많이 받았는데, 난 남을 배
려하는 면에서는 한참 모자랐나 봐."

"흥흥, 역시 우리 툴툴 마녀님은 인정이 빠르다니까요. 이제부

터 다른 마녀들에게도 마음을 쓰는 마녀가 되시겠네요."

"물론이야!"

툴툴 마녀와 샤샤는 서로를 쳐다보며 환하게 웃었어.

책임에는 항상 대가가 따른다

어떤 무리에서 리더가 된 적이 있을 거야.
아니면 앞으로 리더가 될 사람도 있겠지.
리더가 뭐라고 생각해? 앞에서 다른 사람들을 이끄는
사람? 그 무리의 대표? 다 맞아. 누가 봐도 멋진 위치지.
그런데 리더라고 해서 같은 무리에 있는 사람들에게
함부로 막 대하거나 자기가 하기 싫은 일을 미룬다면
어떻게 될까? 아마 어떤 사람에게도 인정받지 못할 거야.
리더에게는 무리의 대표인 만큼 책임도 주어져.
리더라서 힘들고 어려운 점이 많다고? 물론이야.
사람들은 힘들고 어려운 것을 잘 해쳐 나갈 줄 아는
사람이 필요하기 때문에 그 사람을 리더 자리에 올린 거야.
어떤 자리나 자리에 맞는 책임이 있어. 리더가 막중한
책임을 다하고, 무리의 사람들을 존중하고 배려했을 때
비로소 '존경'이라는 대가가 따라오는 거란다.

리더는 사람들을
배려하고 존중할 줄
알아야 해!

나는 어떤 일을 책임진 적이 있었을까? 책임을 다했을 때 기분은 어떠했고, 주위에서 어떤 이야기를 들었는지 떠올려 보자.

툴툴 마녀	어린 마녀들을 가르치는 일을 책임졌어. 그런데 어린 마녀들의 눈높이를 잘 몰랐고, 그들을 배려하지도 않았어. 그래서 어린 마녀들이 나를 좋아하지도 존경하지도 않았어. 무지 화나고 슬펐지.
샤샤	툴툴 마녀를 옆에서 보살피는 게 내 책임이야. 툴툴 마녀의 마음을 잘 살펴서 도와주기도 하고 위로하기도 했어. 툴툴 마녀는 나를 진정한 친구로 받아 주었고 그래서 난 행복해.
나 (책임을 다하지 못했을 때)	
나 (책임을 다했을 때)	

19. 더 이상 슈퍼 배드가 아니야!

학교에 다녀온 웅이 얼굴이 아주 밝아 보였어.

"뭐 좋은 일 있나 보지?"

툴툴 마녀가 물었어.

"개교기념일에 아빠, 엄마랑 놀이동산에 가기로 했거든. 내일이 바로 그날이야!"

"아빠도 쉬는 날이셔?"

"날 위해서 하루 쉬신다고 했어."

그 말을 듣고 샤샤는 무지 아쉬웠어.

"아! 툴툴 마녀님, 하루만 더 있다 가면 안 돼요? 우리도 같이 놀이동산 가요!"

내일이 바로 툴툴 마녀와 샤샤가 떠나기로 한 날이었거든.

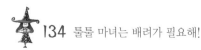

"그래! 하루만 더 있다 가. 포동이도 데리고 다 같이 가자."

응이가 툴툴 마녀를 졸랐어. 하지만 툴툴 마녀는 어린 마녀들을 가르쳐야 했기 때문에 더 이상 머무를 수 없다고 했어.

"아빠는 너를 위해 택시도 하루 쉬시는데, 넌 아빠를 위해서 뭘할 거야?"

툴툴 마녀가 물었어.

"그건 생각 안 해봤는데……, 아! 엄마랑 아빠는 무서운 놀이기구를 못 타니까 내가 타고 싶은 것만 타자고 조르지 않고 시시한 거라도 같이 타드리지 뭐."

응이 말에 툴툴 마녀가 웃으며 말했어.

"놀이동산에서 갖고 싶은 거 사달라고 드러눕는 거 아냐?"

"난 이제 슈퍼 배드 이응이 아니라고!"

응이 생각

아빠, 엄마가 평소 뭘 좋아하고 뭘 싫어하는지 살펴보았어.
엄마는 가족과 함께하는 걸 좋아하는 것 같았고,
아빠는 스트레스를 풀만한 즐거운 일이 필요할 것 같았어.
그래서 놀이동산에 가자고 졸라 본 거야. 물론 아빠가 놀이동산을
좋아하실지도 곰곰이 고민해 봤지.
내가 가족을 위해 노력하는 걸 아셨는지 아빠, 엄마도 예전보다
웃는 날이 많아진 것 같아. 친구가 생기고 마음이 즐거워지니까
가족들에게 더 잘해야겠다는 생각이 들었어.
참 신기해! 우리 가족이 사랑하고 서로 배려한다는 걸
안 순간부터 내 마음속 심술보도 달아나 버렸으니까!

툴툴 마녀 생각

응이가 많이 변했어. 응이네 식구도 그렇고. 나도 응이를 통해
가까운 사람일수록 존중하고 배려해야 한다는 걸 다시금 깨달았어.
나도 마법 세계에 돌아가면 다른 친구들을 존중하고 배려해야겠어.
검은 마녀와 마왕님과도 잘 지내려고 노력할 거야.
아참! 나랑 제일 가까운 친구인 샤샤를 잊으면 안 되지.
어디까지나 이 모든 게 샤샤 덕분이니까.
난 아직 멀었나 봐. 샤샤, 미안!

그동안의 일이 창피했는지 응이는 얼굴이 발개져서는 손사래
를 쳤어. 모두 깔깔거리며 웃었어.

다음 날 아침, 툴툴 마녀와 샤샤는 모두에게 인사를 했어.

"아저씨, 아줌마 안녕히 계세요. 먹다 남긴 시리얼은 좀 그랬
지만 두 분이 바쁘시다는 걸 아니까 좋은 추억으로 남길게요."

툴툴 마녀가 꾸벅 인사하며 말했어.

"그래 준다니 고맙구나, 툴툴 마녀. 난 너희가 어질러 놓은 걸 치우느라 밤늦게 자야 했지만 우리 집에 마녀가 온 기념으로 힘들었던 기억은 싹 다 잊을게. 하하!"

아줌마 말에 툴툴 마녀는 또 아차 싶었어. 자기가 서운했던 것만 생각했지 아저씨나 아줌마가 툴툴 마녀나 샤샤 때문에 힘들었을 일은 생각하지 못한 거야.

"툴툴 마녀는 조금 더 배워야겠네!"

웅이가 놀렸어.

"포동아, 잘 있어. 웅이랑 싸우지 말고 잘 지내!"

툴툴 마녀는 무안해져서 포동이에게 인사하는 것으로 말을 돌렸어. 포동이가 컹컹 짖으며 툴툴 마녀의 뺨을 핥아 주었어. 그러고는 샤샤에게도 슬그머니 다가가 코를 핥아 주었지. 창피해진 샤샤는 한달음에 담장 위로 올라갔고.

빗자루를 타고 마법 세계로 가는 길에 툴툴 마녀가 말했어.

"웅이는 놀이동산에서 자기가 한 말을 지킬 수 있을까?"

"툴툴 마녀님만 잘 하시면 될걸요?"

배려는 가족에서부터 출발해!

'배려'란 여러 가지로 마음을 써서 상대방을 보살피고
돌봐주는 마음을 말해. 같은 반 친구나 담임 선생님,
다른 여러 사람들도 모두 배려 받길 원하지.
하지만 가장 배려 받기를 원하는 사람은 '나'일 거야.
내가 배려를 받기 위해서는 상대방을 먼저 배려해야 해.
그런데 말이야, 가장 가까운 우리 가족을 떠올려 봐.
부모님을 배려하고, 언니나 오빠, 동생을 보살피고
돌봐주려는 마음이 나에게 있었을까?
욕심을 부리고 짜증을 내면서 '나'만 봐달라고 하지는
않았을까? 가까운 사람일수록 배려하고 존중해야 한다는
걸 꼭 잊지 마! '배려'는 가족 간에 '사랑'을 느낄 수 있는
따스함이기도 하니까.

나는 우리 가족을 어떻게 배려하고 있을까?

아빠

엄마

형, 누나
언니, 오빠

동생

우리 가족은 나를 어떻게 생각하고 있을까? (슬그머니 가족에게 다가가서 물어봐. 나를 어떤 아이로 생각하냐고. 그러면 자신에 대해서 더 잘 알 수 있을 거야!)

아빠

엄마

형, 누나
언니, 오빠

동생

20. 툴툴 마녀, 첫 시도를 하다

마법 세계로 돌아온 툴툴 마녀는 곧장 마왕에게 갔어.

똑똑 문을 두드리는 순간, 저절로 문이 열렸지.

"마왕님이 내 주신 숙제를 풀어 왔어요."

툴툴 마녀의 목소리가 힘찼어.

"그동안 너무 제 생각만 했다는 걸 알았어요. 이제는 어린 마녀들 마음도 살필 줄 아는 스승이 되겠어요!"

툴툴 마녀는 마왕이 준 카드를 내밀었어.

마왕의 수염이 꿈틀거리며 입꼬리가 올라갔어.

"휴가를 아주 잘 보내다 온 모양이구나!"

마왕은 카드 빈칸에 툴툴 마녀가 적어 놓은 '배려'란 말을 넣어 다시 문장을 읽었어.

남을 얼마나 배려하느냐에 따라
자신의 가치와 존경심도 높아진다.

"이 말 뜻이 무엇인지 정말 알았단 말이지?"

마왕이 물었어.

"그럼요. 전 이제 예전의 툴툴이 아니라고요."

툴툴 마녀가 머쓱하게 웃었어.

밖으로 나온 툴툴 마녀에게 샤샤가 다가왔어.

"툴툴 마녀님, 그러면 이제 툴툴 스승님이 아니라 친절한 까르
르 스승님이 되는 건가요?"

"샤샤! 그렇다고 내 이름까지 바꾸면 어떡해!"

강의실로 가는 내내 툴툴 마녀와 샤샤가 까르르 웃어댔어.

 **툴툴 마녀 생각**

지금까지 내 생각만 했던 시절은 지나갔어. 난 이제부터 내 주위를
찬찬히 돌아볼 거야. 내가 좀 툴툴거리긴 해도 마음이 나쁜 마녀는
아니거든. 마법 세상에서 가장 친절하고 배려하고 존중하는
마녀가 될 거야. 가장 멋진 마녀가 될 거라고!

 샤샤 생각

역시 툴툴 마녀님은 특별해. 내가 툴툴 마녀에게 간 것도
이런 특별함 때문이지. 암! 나도 툴툴 마녀님과 평생 같이 하면서
특별한 고양이가 될 거야. 가장 멋진 고양이가 될 거라고!

툴툴 마녀는 오랜만에 만난 어린 마녀들이 새삼 예뻐 보였어.

"내가 없는 동안 마법 연습은 많이 했겠지?"

어린 마녀들은 모두 주눅이 들어 개미만한 목소리로 "네" 하고 대답했지.

툴툴 마녀는 모른 척하면서 어린 마녀들에게 숙제로 내 주었던 마법을 시켰어. 하나도 늘지 않은 녀석도 있었고, 제법이라고 생각되는 녀석들도 있었어. 하지만 툴툴 마녀는 모두에게 골고루 칭찬을 했어.

"우와! 정말 숙제를 열심히 했구나. 너희들은 모두 훌륭한 마녀가 될 자격이 있어!"

어린 마녀들 눈이 휘둥그레졌어. 좀처럼 못 믿는 표정이었지.

한 아이가 손을 들고 물었어.

"정말이에요, 툴툴 마녀님?"

"그럼, 정말이고말고!"

수업은 어느 때보다 즐거웠어. 가르치는 툴툴 마녀나 배우는 어린 마녀들 모두에게 말이야.

그리고 툴툴 마녀는 숙제를 제일 못해 온 마녀에게 슬며시 다가가서 속삭였어.

"징징 마녀야, 수업 끝나고 나랑 다시 한 번 연습해 보자."

징징 마녀 얼굴이 무지개 뜬 하늘 같았지.

수업이 끝나고 툴툴 마녀는 휘파람을 불며 밖으로 나왔어.

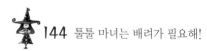

"마법 세계 바람이 마왕님이 아끼는 애벌레 향수처럼 향긋하신 가 봐요?"

"애벌레 향수? 아니! 예전에 봤던 오로라 펼쳐진 밤하늘처럼 상쾌하다고!"

툴툴 마녀는 기분이 아주 좋았어.

"이제 어린 마녀들을 가르치는 게 너무 재밌어졌어. 눈높이를 맞추고 서로 주고받고 있다고 생각하니까 수업도 훨씬 즐거운 거 있지? 왜 난 처음부터 그걸 몰랐을까?"

툴툴 마녀가 중얼거렸어.

"툴툴 마녀님이 재미있다니까 저도 기분이 좋아요!"

"난 이제부터 내 일을 사랑할 거야. 내가 할 수 있는 모든 일을 사랑할 거라고! 나는 뭐든지 잘 해낼 수 있는 툴툴 마녀니까!"

툴툴 마녀의 발걸음이 가볍고 경쾌했어. 옆에서 걷고 있는 샤샤도 덩달아 신이 나서 발맞추어 걸었지.

자신을 사랑하는 것, 나에 대한 배려

이번에도 툴툴 마녀는 인간 세상을 여행하고 많은 걸
깨달았어. 자신감을 되찾고 어린 마녀들을 가르치는
일이 즐거워진 거야.
일상이 지루하고 괜히 짜증이 났던 툴툴 마녀.
어제도 오늘도 내일도 똑같은 하루라고 생각했어.
너무 지루해서 일상을 벗어나고 싶었어. 응이 같은
슈퍼 배드 소년과 함께라면 더 흥미진진할 거라 생각했지.
그러면서 깨달았어. 자신을 사랑하면 지루하고 변함없는
일상도 새로워진다는 것을.
자신이 어린 마녀들을 가르치고 있다는 걸 즐겁게
생각하면 자신도 어린 마녀들도 즐거울 수 있다는 걸
말이야. 나를 돌아봐. 못한다고, 힘들다고, 안 된다고
시도하지 못했던 것들. 그래서 포기했던 것들.
나를 믿고 자신감을 갖는다면 다시 시도할 수 있을 거야.
그리고 꼭 성공할 수 있을 거야!

하고 싶은 무언가를 포기한 적이 있었는지 떠올려 보자. 어떻게 하면 못했던 일들을 앞으로 해낼 수 있을까? 어른이 되어 하고 싶은 일을 하는 내 모습을 떠올리며 스스로에게 자신감을 불어넣어 보자.

난 모델이 되고 싶지만 키가 작아.
그래서 모델을 할 수 없어.

그건 앞으로 10년쯤이나 후에 있을 일이야.
그동안 키 크는 방법을 생각하고 노력하면 안 될 것도 없다고!

《툴툴 마녀는
배려가 필요해!》는
친환경 콩기름 잉크로
인쇄하여 환경 보호를
실천합니다.

툴툴마녀는 배려가 필요해!

1쇄 • 2016년 5월 24일
2쇄 • 2018년 5월 25일
글 • 김정신
그림 • 김준영
발행인 • 허진
발행처 • 진선출판사(주)
편집 • 이미선, 권지은, 최윤선
디자인 • 고은정
총무/마케팅 • 유재수, 나미영, 김수연
주소 • 서울시 종로구 삼일대로 457 (경운동 88번지) 수운회관 15층
대표전화 (02)720−5990 팩시밀리 (02)739−2129
홈페이지 www.jinsun.co.kr
등록 • 1975년 9월 3일 10−92
※책값은 뒤표지에 있습니다.
글 ⓒ 우리누리, 2016 그림 ⓒ 김준영, 2016
편집 ⓒ 진선출판사(주), 2016

ISBN 978−89−7221−952−1 64810
ISBN 978−89−7221−800−5 (세트)

진선 아이 는 진선출판사의 어린이책 브랜드입니다.
마음과 생각을 키워 주는 책으로 어린이들의 건강한 성장을 돕겠습니다.